LES MOUSTIQUES
N'AIMENT PAS LES APPLAUDISSEMENTS

Vous pourrez trouver des compléments à cet ouvrage sur la toile :

www.augustederriere.com

LES MOUSTIQUES N'AIMENT PAS LES APPLAUDISSEMENTS, d'**Auguste Derrière**, est une coédition **LE CASTOR ASTRAL** et **MAISON POAPLUME**. Les œuvres d'Auguste Derrière ont été patiemment collectionnées avec amour, puis classées, triées et sélectionnées par Philippe Poirier, Vincent Falgueyret et Nadia Geyre de la Maison PoaPlume à Bordeaux. Cette glorieuse agence de graphisme en a aussi réalisé la conception graphique et la mise en page. Cet ouvrage a été imprimé en novembre 2009 à Turnhout (Belgique) sur les presses de Proost, sur papier Munken Print White 80grs. Les pages de maximes et proverbes sont composées en *Salmiak*.

© Le Castor Astral / Maison PoaPlume / 2009
Dépôt légal : novembre 2009

ISBN 978 2 85920 800 4   2ème édition

www.castorastral.com   www.poaplume.com

GRAND MERCI aux précieuses contributions de Bruno Buijtenhuijs, Nicolas Dali, Diane & Laure Berbineau, Vincent Arné, Nadège Tual, Julien Geyre, Claire Guiral, Didine, Hélène Falgueyret, Delphine Vitoux, Olivier Grall, Pierre Guiral, Anne Montel, Michael Geyre, Anne-Marie Gravelier, Marc Torralba, Olivier Philipponnat, Jean-Yves Reuzeau, les artistes des gravures et tous ceux qui nous ont encouragés à exhumer les trésors d'Auguste Derrière.

AUGUSTE **DERRIÈRE**

LES MOUSTIQUES N'AIMENT PAS LES APPLAUDISSEMENTS

Préface de
ALBERT MUDDAH

LE CASTOR ASTRAL

La première fois que j'eus vent de l'existence d'Auguste Derrière, je crus à un canular.
Ces aphorismes géniaux, ces étourdissantes maximes, ces publicités révolutionnaires, cette science du langage… Ce ne pouvait être le fruit de la pensée d'un seul homme. Et pourtant…

Auguste Derrière naquit à Bordeaux, de l'union de Juste et Prudence. Le 29 février 1892, quand Prudence sentit l'arrivée imminente de sa progéniture, Juste prit les devants et retira, avec prudence, le petit Derrière de dedans. Ils le prénommèrent Auguste, ce qui le prédestinait à devenir un très grand Derrière.

Le 29 février 1896, jour de son quatrième anniversaire, il révélait déjà une solide culture classique et un esprit vivace. À sa mère qui lui demandait qui était sous la douche, il répondit : « *S'il se nettoie, c'est donc mon frère* », une réplique d'autant plus spirituelle qu'il était fils unique.

À l'école, il étourdissait ses professeurs et ses condisciples de ses incessantes inventions langagières que, du reste, ils ne comprenaient pas toujours. À son professeur de philosophie qui s'étonnait un jour de la présence, sur son pupitre, de papier hygiénique, il répliqua : « *Je pense, donc je m'essuie.* »

À vingt ans, comme beaucoup de jeunes gens de bonne famille qu'une vie provinciale étriquée étouffe, il gagna Paris pour exercer ses talents humoristiques. Quelques mois lui suffirent à se faire une solide réputation de magicien des mots, lui ouvrant tout grand les portes du monde de la réclame. Il rencontra l'élite culturelle de l'époque qui sut vite apprécier ses talents hors du commun et le sollicita secrètement pour des conseils en joutes verbales et autres éloquentes reparties.

Bon nombre de célébrités, dont nous tairons ici les noms pour des raisons que tous comprendront, brillaient en société grâce aux aphorismes et aux bons mots d'Auguste Derrière. Des publicitaires de renom firent de grandes carrières en suivant à la lettre ses conceptions avant-gardistes et ses slogans révolutionnaires.

Homme fort modeste, Auguste se plut pendant toutes ces années à rester dans l'ombre et se complut à voir ses idées vivre et devenir célèbres... une discrétion en parfaite harmonie avec sa grande agoraphobie. Aux reproches de ses proches, il répondait sereinement : *« Les moustiques n'aiment pas les applaudissements »*... ce qui laissait pantois les moins imaginatifs.

C'est fortuitement qu'une équipe de chercheurs farfelus découvrit l'existence de ce génie méconnu. Ils menèrent des années durant un travail de Sisyphe afin d'exhumer l'œuvre d'Auguste Derrière, la compiler et la livrer à la foule ébaubie.

Sans doute certaines pépites sont-elles passées au travers du tamis de leur sagacité, sans doute les meilleurs morceaux de ses écrits resteront-ils à jamais enfouis sous le limon du temps qui passe, mais ces glorieux archéologues des mots peuvent légitimement être fiers d'avoir œuvré pour sortir de l'oubli un des plus grands esprits que la France ait jamais engendrés, rendant ainsi à ses arts ce qui est à Auguste Derrière.

Badauds du verbe et autres amateurs de jeux de mots laids, partageons les bienfaits de cet essai littéraire de haute volée et souhaitons que ce livre entre dans les annales !

ALBERT MUDDAH

Qui vole un BŒUF est vachement COSTAUD.

LA DEVISE DE TOUT CHIEN ET CHAT D'APPARTEMENT :
Pour vivre heureux, vivons castrés.

Si elle tombe à l'eau, la corbeille *a pas pied*.

Ne dites pas *La nonne nymphomane* mais dites *L'amante religieuse*.

Moi j'aime la **PIPE** de Jean Daniel

Madame !

Offrez une pipe de **Jean Daniel** à votre mari !

Quand **Jean Daniel** taille une pipe, c'est du sur-mesure, du fait main ! Bien bourrer la pipe avant de l'allumer, aspirez longuement et appréciez… Avec elle, vous allez faire un tabac !

À coup sûr, il s'écriera : *« Nom d'une pipe ! »*… mais ne vous regardera sans doute plus jamais comme avant…

LA BONNE SANTÉ DES BLONDINS MÉRITE LA

BOUILLIE BORDELAISE

LA PÂTÉE VITAMINÉE PRÉFÉRÉE DES TIRENFANTS.
FORMULE ENRICHIE AUX ENZYMES BLEUS.

SOUS-MARIN Sensas

Le fer de lance de la technologie montferrandaise !

Journées portes ouvertes les 3 & 6 octobre rouge à l'écope municipale du père Rhiscope à Saint-Balot.

CUISINEZ VOS PÂTES AU GAZ

Une nouvelle façon de mettre les pieds dans le plat en mettant la main à la pâte.

Ne donnez jamais de
BOL AUX NIAISES !

....

Avoir le compas dans l'œil,
ça fait MAL !

....

À MARSEILLE,
le travail c'est lassant, té !

....

Il ne faut pas prendre
les *messies* pour
des *lumières*.

Là où tout le monde baisse les bras,
il lève le coude !

L'HOMME DES TAVERNES

Ancêtre de l'ivrognus à quatre pattes,
l'*Homme des Tavernes* s'inscrit dans l'évolution
de l'*Homosaboa-Saboa*.

La *promise cuitée*
gâche le mariage.

....

Ne pas confondre *la Patagonie* avec
une nouille mourante.

....

Qui mange
un chien
chie *ouah ouah.*

....

Céleri qui mal y pense.

À DUBAÏ, tous les commerces ACCEPTENT LES CHEIKS.

Le futur, c'est des passés.

NE PAS CONFONDRE
ANTIQUAIRE AU PLUMARD ET *brocoli.*

On ne dit plus
Petit avion à réaction mais Courgette.

Mieux vaut se prendre une baffe QU'UNE HACHE.

Qui éternue FACE AU VENT essuiera ses lunettes.

À vaincre SANS BARIL, ON TRIOMPHE SANS BOIRE.

Quéquette en décembre, layette en septembre.

Invitez Fred à s'taire, OU J'LUI METS UNE CLAQUETTE !

Choucroute d'un jour, prout toujours.

POSITIVEZ ! Transformez une sale défaite EN SALLE DES FÊTES !

LES FAUX AMIS DE LA LANGUE FRANÇAISE :

une Biroute n'est pas une route À DEUX VOIES.

Qui porte une jupe qui boudine doit se mettre au régime.

C'est terrible d'allonger la vie en prolongeant seulement LA VIEILLESSE...

L'optimiste rit pour oublier et le pessimiste oublie de rire.

C'est au pied du mur que l'on voit le mieux LE MUR.

SE PORTE AVEC ÉLÉGANCE SUR LES VÊTEMENTS, MÊME LES PLUS SERRÉS.

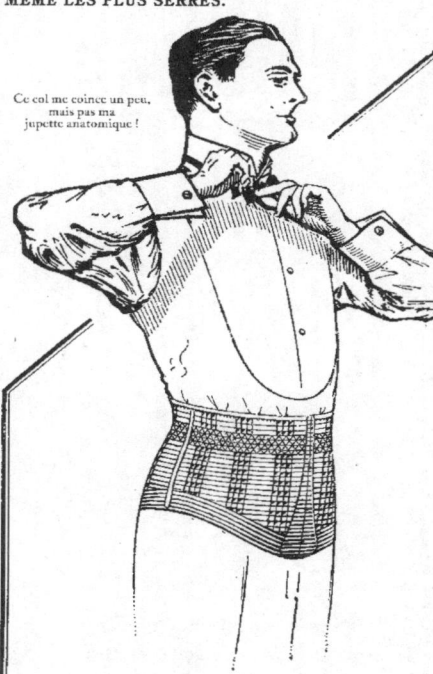

Ce col me coince un peu, mais pas ma jupette anatomique !

JUPETTE ANATOMIQUE
pour Hommes du Dr ARELOUZ

Élastique, Élégante, AMAIGRISSANTE

Légère, indéformable, agréable à porter. Sans patte, sans boucle, sans bordure rigide, évite tous les inconvénients des modèles ordinaires.

Recommandée à tous les hommes qui commencent à "prendre du ventre", ainsi qu'aux sportsmen, automobilistes, cavaliers, etc. Soutient les reins et les organes abdominaux, combat l'embonpoint, et procure bien-être, sécurité des efforts, sveltesse de la taille.

Modèle A. En tissu élastique ajouré et pékiné, fil écru, similisé, gommes tressées et azurées. Haut. devant : 18 cm. (Tailles au-dessous de 95 cm.)............ **60 ^e**

Modèle B. En tissu élastique ajouré, à "Damiers" spécial contre l'obésité, fil écru, gommes tressées et azurées. Haut. devant : 22 cm. (Tailles au-dessous de 110 cm.)............ **70 ^e**

Pour recevoir ce modèle, TISSÉ SUR MESURE, indiquer simplement la circonférence du corps prise au milieu de l'abdomen et la hauteur devant désirée.

Expédition franco France et Étranger pour les commandes accompagnées de leur valeur en mandat-poste ou en un chèque sur Paris et adressées aux

ÉTABLISSEMENTS T. ARELOUZ
234, Faubourg Saint-Martin, PARIS

(à l'angle de la rue Lafayette. - *Métro* : Louis-Blanc.)

Lire l'intéressante Notice illustrée sur la "Jupette Anatomique pour hommes du Dr T. Arelouz", adressée gratuitement sur demande.

La "Jupette Anatomique du Dr T. Arelouz" est également en vente dans les bonnes maisons de Slibards, Calefouettes et chez les Coiffeurs.

VENTE EN GROS :
" AU NOUVEAU CHIC MASCULIN "
40, rue Louis-Blanc, PARIS

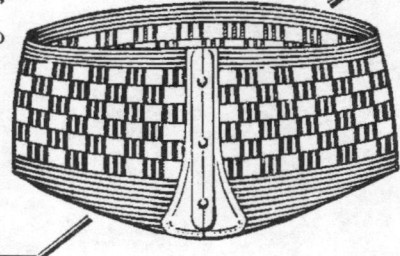

Un film d'une rare violence

L'ARRIÈRE TRAIN SIFFLERA 3 FOIS !

- Snif, c'est toi Raymond ?
- Ah ! non...

Après les succès de *Bienvenue chez les chti'tes coquines* et des *Parapluies de Strasbourg*, le réalisateur Robert Lébaut pourrait atteindre la consécration en signant ZE film de l'année.

LA PRESSE, UNE ANIME :
Un film qui sent bon la réussite !
TÉLÉRAMA

Un suspense à couper le souffle !
HÉMORROÏDES MAGAZINE

Des acteurs dans le vent qui ne manquent pas d'air…
KLOUG STUDIO

… [super]… [bien]…
LE MONDE

Qui trop embrasse,
MAL AUX REINS.

....

ATTENTION : LE SEX-APPEAL
N'EST PAS
UN VIBROMASSEUR AVEC ACCUS.

....

POUR VIVRE HEU-REUX, steak haché.

Quand le sage montre la Lune, l'imbécile regarde les fesses.

QUI VOLE UN GENDARME,
VOLE UN KEUF.

À AGEN, TU SERAS
TOUJOURS DE L'AVIS
DU RUGBYMAN.

Sinon il te colle un pruneau !

Chose promise, chausse-pied.

Les Moustiques n'aiment pas les applaudissements / *page 21*

Une offre exceptionnelle à ne pas négliger

Pour l'achat de la paire :
LA TROISIÈME BOTTE GRATUITE !

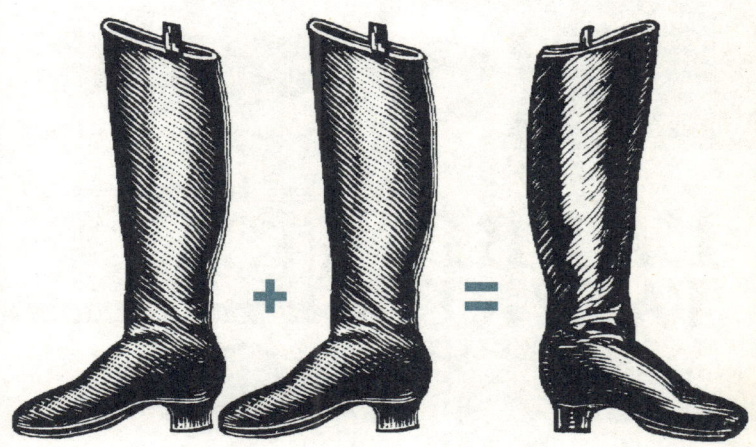

Venez à notre magasin parisien muni
de votre exemplaire des *Moustiques*
pour profiter de cette offre avantageuse*

Marcel BOTANSKI,
bottier agréé de la reine Carla

355 rue Agnès Tezy à Paris.

* Offre limitée à la pointure 32

Ô MON DENTIER
LE DENTIER DES HOMMES DU MONDE

Il est fini le temps où dans les salons, vous vous reteniez de déclamer fièrement vos calembours dignes des plus fins esprits parisiens, par peur d'exhiber aux mondains vos excroissances buccales fort peu ragoûtantes.

Dorénavant, brillez en société !

Grâce au dentier "Ô mon dentier" votre sourire éblouira le monde entier !

Vos balles hivernent ?

Profitez de notre cours de tennis chauffé au poil et rafraîchissez-vous à notre beau bar !

Ouvert mi-tôt.

3, rue du Boniment - 1204 Menterie-sur-Craque

EXIGEZ
l'ABBÉ TADINE
POUR VOS ZOBS SECS

Monsieur ICULE
le roi du contrôle technique

Vos roues pètent ?
Passez le test Icule !
Accessible à toutes les bourses.

Au Groenland, les cons gèrent.

....

Cachous
en quantité,
caguette
assurée.

....

*Qui mesure l'huile
se graisse les pattes.*

....

QUI DANSE EN CHAUSSON
A LE PAS FEUTRÉ.

Hacker vaillant, rien d'impossible.

....

Ne dites pas *Caravane*
mais plutôt *Autobus à blagues*.

(Fourgonnette qu'elle est bonne !)

....

À BON CHIEN, BON REIN.

....

Un vieillard maniaque
devient vite saoulant.

....

Pour devenir un parfait pianiste

Cours Toujour® de PIANO
par Correspondance
Agréable, facile a suivre.
Economise les 3/4 du temps d'étude.
Donne son splendide, virtuosité, sûreté de jeu.
Rend facile tout ce qui semblait difficile.
Fameux COURS TOUJOUR & BOSS (très recommandé)
pour composer, accompagner, improviser, analyser.
Cours tous degrés, Violon, Solf., Chant, Mandoline
Demander très intéressant programme gratuit et f°°.
Adrien DUCHEMOLE, 12 rue de la Verrerie, Bordeaux (33)
Armés de votre flashplayer 6, visitez donc : **www.duchemole.com**

BÈGUES é-é-é-éecc-éccri-écrrire a àà la à la-à la écr
écrire a lllllll l'-l'iiinnnnstiss-à l'iinnnssstu
l'Institut des Bègues, 142 rrruuuuuurruuuue des FFFfffiiilmmmu

---

Si vous confondez la coquetterie et la classe, prenez
des cours de maintien et de savoir vivre avec
"L'HOMME LE PLUS CLASSE DU MONDE"
Georges Abitbol, 13 av. de Taluque, Andernos (33)

Ultra-adhérente, veloutée parfum double.

Points Noirs
Pores Dilatés

Si vous êtes affligée de
points noirs, de pores dila-
tés, d'un nez brillant, d'un visage luisant,
il est plus que probable que vous vous
servez d'une poudre qui ne vous convient
pas : tel est l'avis formel d'un dermatologue
diplômé de la Faculté de Paris.
Vous pouvez être certaine de remédier à
ces défauts si disgracieux en employant la

Poudre RAKANON

C'est probablement la seule poudre qui ait
la propriété de rendre à l'épiderme un
grain merveilleusement fin et exempt de
tous reproches. Grâce à sa composition
toute spéciale, cette poudre donne à la
peau un renouveau de perfection. Si
au bout d'une seule boite vous n'en
avez pas la preuve sur votre propre
visage, le prix d'achat vous
sera remboursé sur simple
demande. Un certificat
de garantie à cet effet
se trouve dans chaque
boîte. En vente dans
tous les bons
magasins.

Adhérente, discrète, parfum léger.

ENFIN SEUL !...

Séparé de mes **COLLÈGUES** *grâce au parfum* **KALENDOS**

KALENDOS
Parfum aux sucs animaux
le plus actif corricide.
Aussitôt appliqué, aussitôt seul ! Effet immédiat !

Supprime
tous collègues collants,
visite du chef et autres
visiteurs intempestifs.

PRIX : 1f50 le flacon
Dépôt Général : **SARL SAFOUANE** 17, r. Drouot -ORNE-
Et toutes bonnes parfumeries

Crème épilatoire
RADIKAL
Epilez-vous au chalumeau
une méthode simple,
efficace et infaillible.
Spéciale pour épidermes
délicats.
Rend la peau blanche et
veloutée.

Flacon : 5 f 50
(mandat ou timbres).
Envoi discret.
B-BOIDELOT,
2, pl. du Thé
Français, Paris.

LA POMMADE
Pilou Pilou®
idéale pour les gouzis gouzis.

Se passe sur tout le corps, vous fait
des frissons partout et vous change
un homme. A essayer rapidement...

En vente en tonneau, en tube, en grande surface,
et chez ma grand-mère Jacqueline.

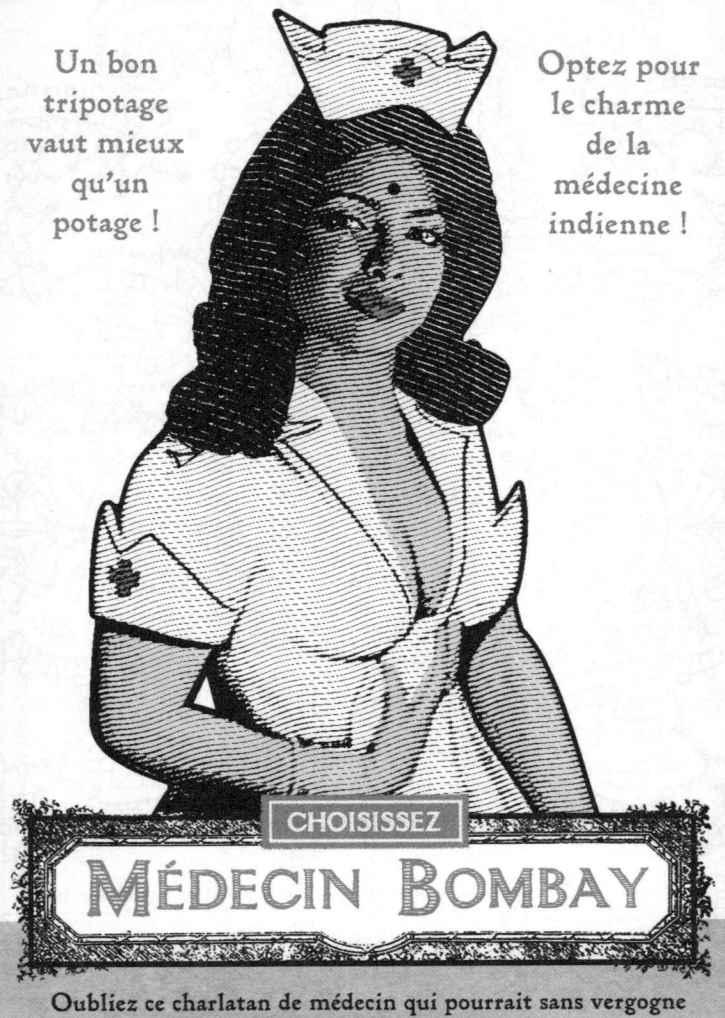

Tant va la schtusse à l'eau,
qu'à la fin elle s'échtaroupste.

....

Avant de te moquer des boiteux,
regarde si tu marches droit.

....

QUI RIT LE LUNDI,
BABIBELLE
LE VENDREDI.

....

Une
BONNE
CUITE
vaut mieux qu'une
SERVANTE
CRUE.

À cuisine ratée, mets laminés.

TIERCÉ : Un cheval s'est vu déféré à la justice.

NUL N'EST PLUS LOURD QUE LE PLOMB CHEZ LES PLUMES.

Pensez-y, ça peut toujours servir :
On appelle aussi un coiffeur un POILOPATHE.

MIEUX VAUT une allumette intelligente qu'un sot briquet.

UN REPAS MALIN D'ONCLE FIRMIN

Après le Chat botté
et ses semelles en cuir

découvrez   vite
le Rat botté

livré en poudre ou en tranches à griller.

LE CÉRÉBROS
LE SEL QUI REND INTELLIGENT

Le sel Cérébros facilite la croissance des enfants et leur assure de bonnes dents. Il rend fort, prolonge la vie, retarde la vieillesse et préserve des maladies.

En vente chez tous les Épiciers.   Vente en Gros : Levallois-Perret.

TRANSPORTEZ AISÉMENT
des tonnes de gravats ou de biscottes
avec
LA BOURETTE
À construire soi-même

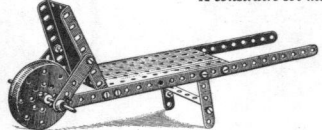

*Peut être transformée en motoculteur
ou en fauteuil de salon moderne.*
En vente libre près de chez Mamy Tata.

FAITES-VOUS TAILLER un COSTARD à Londres
Il n'y a aucun risque - Rien n'est plus facile
MORVANDIAU BROTHERS LTD

les plus grands tailleurs sur mesure du monde entier, vous enverront gratuitement, sur simple demande, des échantillons d'admirables tissus, un catalogue illustré, une méthode pour prendre vos mesures vous-mêmes à la maison sans possibilité d'erreur, un centimètre, etc.

Vous pouvez ainsi envoyer votre ordre directement à Londres.

La Qualité et la coupe sont garanties

Tous nos complets sont faits strictement sur mesure et livrés à votre domicile par colis postal, en payant nous-mêmes tous les frais de port et de douane.

COMPLETS sur Mesure, en Serge, Tweed ou Worsted
Frs : 125   152   173   201
:: faits et expédiés dans les 15 jours ::
:: de la réception de l'ordre. ::

Écrivez de suite à : **MORVANDIAU BROTHERS** LTD
(Dept. 72) 60 et 62, City Road, Londres, E. C.
ENVOIS contre REMBOURSEMENT
Nos Vêtements sur mesure ne sont pas soumis
à l'interdiction d'importation.

VOUS VOULEZ VIVRE PLUS LONGTEMPS ?
MANGEZ SAIN & FUMEZ MOINS

*RAGLAN
depuis
399 Euros*

Manto®
fera de vous un homme imperméable
et impeccable en toute circonstance !

Ville, chasse à courre,
Voyage en paquebot,
Parties de bridge et de golf,
Réunion au club avec les copains,
Automobile et chaise à porteurs,
Bains de siège
et plein de chouettes moments...

**Coupés par nos coupeurs et exécutés
dans nos ateliers.**

LA CARAVANE PASSE
et le ciseau à bois.

....

Un égoïste,
c'est quelqu'un qui ne pense pas à MOI.

....

Le temps est pluvieux, lui aussi il prend de l'âge.

....

UN MENUISIER
a déposé une plinthe au parquet.

....

Au siècle des Lumières,
LES POÈTES ÉCRIVAIENT DES VERS LUISANTS.

Qui *tombe* à pic, pique une *tombe.*

On ne dit pas GAZODUC mais FLATULENCE NOBLE.

Un mien vaut mieux que deux sont à toi.

SAVOIR BEAUCOUP N'EMPÊCHE PAS DE S'EMMERDER.

Chat dodu, coussin velu.

VOUS VOUS SENTEZ À L'ÉTROIT DANS LE MONDE MODERNE ?
VOUS EN AVEZ ASSEZ DES POTAGES EN SACHET ?
ESSAYEZ DONC LA

SOUPE TAILLE LANDAISE

LA SOUPE SUR ÉCHASSES DES GRANDS ESPACES DU SUD-OUEST

Restaurant
CHEZ M. SPOCK
venez déguster notre spécialité de
"BAVETTE SPATIALE"

Cuisson à point (ou saignante) lors de l'entrée dans l'atmosphère terrestre.

156 rue Tanquiou, vers Rimeuche.

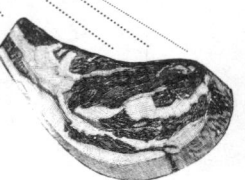

Le BUNION REDUCER

du DOCTEUR SCHWATLISH-BULGROZ
(en caoutchouc hygiénique)

SE PORTE A MÊME LA PEAU, SOULAGE IMMÉDIATEMENT
LA CAROTTE OU L'OIGNON LE PLUS DOULOUREUX
en le protégeant de la pression et du frottement de la chaussure.

Évite la déformation de la chaussure et du slip
et réduit peu à peu la difformité

Demander brochure gratuite " LES SOINS DES PIEDS "
Dr. S.-BULGROZ, 179 avenue Zantafio, 33 Bx.

ICI RIEN

..... et pour Bébé
UNE BONNE PAIRE DE TARTES
le meilleur aliment des enfants. — *Se trouve partout.* *Rien de tel*

ON NE DIT PAS :

UN AIGLE
MAIS :
UN OISEAU DE COULEUL.

....

Quand on est très pieu, on passe sa vie au lit.

....

MADEMOISELLE, AU LIEU DE DIRE

Ma réglisse

DITES DONC

Monsieur, vous me plaisez beaucoup...

Pour choper les gonzesses, roule en Mercedes.

Il n'y a pas de problème qui résiste indéfiniment à une absence DE SOLUTION.

OCCASION : *parachute servi une fois, jamais ouvert.*

SORTIR *en boîte,* ÇA CONSERVE !

BRONZETTE *sous les palmiers,* BIAFINE *à la veillée.*

MEUBLES FLAMBANT NEUFS

POUR PYROMANES

UN CHOIX ÉNORME
pour tous les goûts, dans tous les styles, pour toutes les bourses.
BIDON D'ESSENCE INCLUS — ALLUMETTES FOURNIES.

Maison CRAMAY
fournisseur officiel des sapeurs pompiers de l'Élysée
67, rue Matchbox 75008 Paris
www.cramaymeubles.fr

Vous aimez les caniches à pompons, vous êtes à fond pour les concours de villages fleuris, vous collectionnez les Barbie-crinières et les flacons de parfum, vous êtes dingue des mariages princiers, votre but dans la vie est d'avoir un poney bien à vous, votre couleur favorite est le rose, votre hamster a des rubans dans les cheveux ?...

Alors venez donc vivre en
Mièvrerie

La Principauté où il fait bon vivre en chaussons
et où les princesses sont chanteuses de variétés.
RENSEIGNEZ-VOUS AUPRÈS DE VOTRE AGENCE DE VOYAGES.

OSWALD
L'OISEAU BAVARD

*Pour animer les soirées entre collègues, la communion du petit-neveu, la kermesse de la maison de retraite, le pot de départ de votre plus fidèle employé,... nul ne résiste aux facéties d'**Oswald**, notre oiseau vivant costumé, qui vous éblouira de ses imitations, calembours et mots d'esprit.*

Il parle *(et chante)* couramment le Jean-Claude Bourret, mais aussi l'Édouard Balladur, la Nicoletta, le Pierre Bachelet, ou le Normand Lamour, mais il fait aussi des tours de magie !

Soignez le clou de votre soirée, louez les services d'Oswald
Contactez : P. Cléroute, 12 rue Pitbull, Fouleyronnes (47)

Vous ne passez plus un printemps sans choper un rhume de derrière les fagots (plus communément appelé rhume des foins). Prenez du VIN DE FRILEUSE et constatez les résultats dès la première bouteille... Non seulement vous serez guéri, mais en plus vous ferez rire vos amis !

Laboratoire PICRATE - *avenue Comainvert à Soie (33)*

Lèche-ti et Lèche-toi
SONT DANS UN BATEAU...
DANS LE NORD !

SUR LA CÔTE D'AZUR,
il n'y a pas loin du cintre
AU PET.

UNE MAIN TENDUE CACHE SOUVENT UN BRAS.

Connaissez-vous le goûter royal ?
UN PRINCE,
UN ROCHER,
UN MONACO.

MIEUX VAUT
un pilote plein
QU'UN RÉSERVOIR VIDE.

Pour choper les gonzos, roule en Renault.

ON NE DIT PAS
"Elle est *spacieuse* ta baleine"
MAIS "*Cétacé grand* chez toi".

Échange château en Espagne contre palais breton.

T'AURAS MÊME PAS
un café
dans le pire déca...

Ne pas confondre
Trois soupes et *Tripotages.*

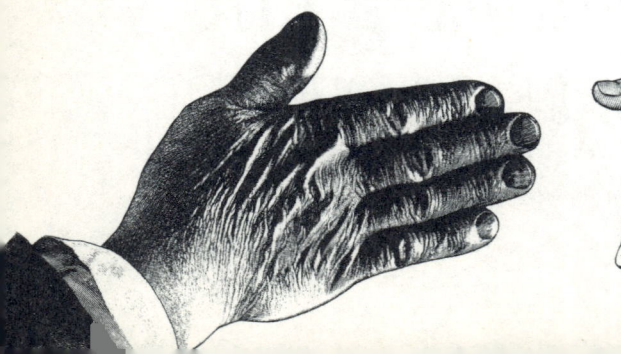
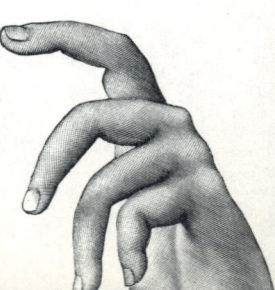

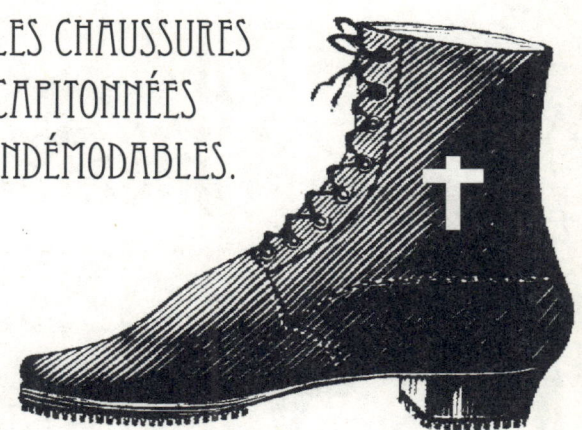

VOS PIEDS MÉRITENT

Les Pompes
FUNEBRES

LES CHAUSSURES
CAPITONNÉES
INDÉMODABLES.

Réalisées avec l'immense talon de l'abbé Pietbau !

GARANTIES À VIE

UN CONFORT PARADISIAQUE :
semelles en hostie,
talon reliquaire automatique,
intérieur doublé en dentelle.
Réservoir d'eau bénite en option.

EN VENTE PAS PARTOUT

ENTREPRISE BTP

Gonzalaise & Cie

Vous entreprenez des travaux d'envergure dans votre *"home sweet home"* et vos prestataires habituels vous ont lâchement snobé ? Vous êtes pressé et vous n'avez qu'un petit pécule ?

Don't Panic !
Faites appel à l'entreprise familiale
Gonzalaise !

Toute une équipe de bras cassés à votre service. Que des spécialistes hispaniques du sud qui ne comprennent pas notre langue et sifflent avec le nez.

Une fois la communication établie, vous pourrez admirer la somptueuse lune de votre artisan se baissant, accroupi, le pantalon à mi-raie, faisant une mesure approximative et lançant la phrase de chantier incontournable, dans le jargon si fleuri propre au BTP :
*"Encoulé !
Ché quoi ché merdier ?"*

Les tâches difficiles c'est eux !

Référencés chez les essuyeurs de plâtres

Qui avale un œuf,
AVALE UN BŒUF
(et en meurt).

....

Quand elle croise un homme...
LA SAINTE
N'Y TOUCHE.

....

Si tu as la tête qui tourne,
PROFITES-EN POUR REGARDER TON CUL.

....

ÉVEREST...
...mais Adam part.

....

LES FAUX AMIS DE LA LANGUE FRANÇAISE :
une affiche rigolote
N'EST PAS FORCÉMENT un poster rieur.

QUI VOLE UN ŒUF
a une petite omelette.

....

IL PEUT AUSSI ARRIVER
qu'on bâillonne
des GENS BONS.

....

ATTENTION, MÉFIEZ-VOUS :
Une prise de sang n'est pas
égale à cent prises de un !

....

Rasage à la
BISCOTTE :
miettes dans les
BOTTES.

Dentifrice ALTO BOBO
à l'amiante et au plomb

Supprime tous
les maux dedans
et oblige à porter
un foulard dehors.
Un remède de
mamie très contesté
par la profession
(qui ne fait pas
dans la dentelle)
et connu dans
le mon dentier.

*Ne pas utiliser **ALTOBOBO**
chez l'adulte de moins
de 3 gr d'alcool
dans le sang.*

Quel toupet !

Préserv'à Tifs

**Vos cheveux semblent être de mèche
pour se faire la malle...
et vous ne savez plus quoi feur ?**

Préserv'à Tifs prend le mal à la racine
et évite la politique du « Chauve qui peut ».

**Utilisez Préserv'à Tifs,
vous retrouverez du poil de la tête.**

Enfilez un seul Préserv'à Tifs avant d'aller
vous coucher et en quelques jours recouvrez
la chevelure épaisse que vous arboriez jadis.

*Effet gênant : une certaine tendance à vous faire
une tête de gland. Existe en plusieurs coloris.*

LABORATOIRE BROUSSAILLE
situé en zone frange.

Des compresses
SAGICLE

Chez votre pharmacien

POSOLOGIE
& MODE D'EMPLOI

1/ Appliquer un antiseptique pour être sûr de soi.

2/ Boire une gorgée de cet antiseptique pour être encore plus sûr de soi.

3/ Bien protéger la maison (la recouvrir d'une bâche et ne pas lésiner sur sa qualité, prévoir un habit de protection en isolant la plaie).

4/ Faire sortir les enfants et tout animal vivant (chien, chat, belle-mère…).

5/ Finalement, vous aussi, sortez de la maison.

6/ Appliquer sur la plaie et

Renouvelez l'opération toutes les deux minutes et, au bout de quelques années, si les symptômes persistent, contactez votre médecin traitant.

La Plante Daipié®

La tisane forte pour nous, les hommes
aux OGM bio qui puent.

À base de champignons des laboratoires MYCOZIS.
Goûts munster, saucisson, vinaigre…

Si les goûts se mêlent, vous sentirez bien dans vos pompes !

Les poissons sont malins
MAIS PAS ASSEZ.

....

On n'a
JAMAIS VU
de camion
SI TERNE !

....

Ne dites pas Odieux chantage,
mais dites Hymne divin.

....

ON NE DIT PAS
PRÉDOMINANT
MAIS *pâturage avec vue.*

Mieux vaut avoir un GRAIN Qu'être exprès SOT.

Je me ferais bien une omelette, histoire d'œufs...

Attention, ne confondez pas
Occlusion intestinale
avec *Grossesse merdeuse.*

LES FAUX AMIS DE LA LANGUE FRANÇAISE :
un tabouret
N'EST PAS FORCÉMENT
un gros poivrot.

Le Jambon Dyor

1876  *1976*

J'adore !

Nouvelle collection automne-hiver

Vous avez toujours voulu assister à un défilé de prêt-à-manger ?
Venez donc voir des gens bons, fumés, à l'os, au naturel…

En off, le défi laid du plus gros mangeur de jambon avec couenne.

Hum! Ça sent bon les vacances.

Vous détestez l'ambiance charter, vous ne supportez plus de vous entasser avec des gens qui n'ont aucun savoir-vivre, qui ne se lavent jamais et qui refusent la moindre lingette jetable pour un minimum d'hygiène ? …

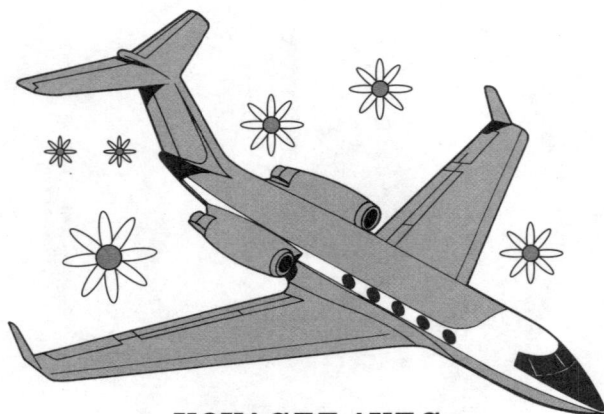

VOYAGEZ AVEC
Air Week®

Le seul charter au monde équipé de brumisateurs parfums jasmin, lavande ou fruits des bois.
Personnalisez votre voyage !

POUR UN VOYAGE QUI SENT BON !
Promotion : -20% pour le haut de Cologne.

CHOCOLAT OLÉ
en Espagne s'il vous plaît.

....

LE COMBLE D'UN
BOXEUR ?
C'est d'être d'humeur
"GROS GNON".

....

Un AIR COQUIN
n'est pas
un VENT TRIPOTANT.

....

Chat écrasé *ne craint plus*
l'eau froide.

Quand TU MARCHES VERS LE NORD, tu as le sudoku.

Mieux vaut se chauffer au caviar
QUE BOUFFER DU CHARBON.

L'argent n'a pas d'odeur, sauf chez les vidangeurs.

Après un repas aux fayots,
les Espagnols font des GAXPACHOS.

Donner c'est donner,
REPEINDRE
SES VOLETS.

Poitrine généreuse ?

Moi je fais confiance à
Bonnet M®

MADAME,
vous essayez de sauver
vos miches dans une
conjoncture pas très
favorable aux grosses
poitrines…
N'attendez plus et préférez
le *Bonnet M* !

Fort d'une expérience
dans le string à paillettes,
le groupe *Bonnet M* s'engage à répondre aux attentes
de la femme adulte, ainsi qu'à celles de la jeune fille.
Tétonnant, non ?

Discrétion assurée, traitement facile à suivre en secret.
Mr. Daddycool - www.groupasbine.com

Marque déposée par le président Poutine qui ne mettra pas un sou de plus
dans cette entreprise. Qu'il est rat, rat, rat ce Poutine, mais il soutient Georges…

LES FADAISES D'ETRETAT
Mmmh ! Ça croque sous la dent.

N°1 en Bretagne

Les vrais bonbons au calcaire dont raffolent les tinenfants.
Les *Fadaises*, c'est bon pour les os, bon pour les dents !

Existe aussi en gravier à avaler.

Comme Roger-André,

Buvez !

et dites adieu au spectre de la soif.

Depuis que je bois, la soif, connais pas !

Ceci est une réclame du Syndicat national des liquides buvables par la bouche.

Ne pas confondre
BAIN de BOUE
et douche assise.

······································

À la piscine, mieux vaut une eau tarie
QU'UN PET QUI NOIE.

······································

Ne dites pas
Un nain misérable
EN SKI *mais*
Un NABOT
minable homme
DES NEIGES.

······································

Si tu as perdu ton cheval,
REGARDE SOUS LA SELLE.

Quand Dieu créa la mer Rouge,
IL SALA MAL L'ÉCUME...
mal l'écume sala...

La BELGIQUE n'a rien à voir
avec la frite du Nord.

LA TECHNO
NIQUE
LES PLAQUES.

Parier sur ce cheval, passe encore,
MAIS PARIER SUR CE BOUC
M'ÉCŒURE !

Mon robinet ne meurt jamais
Moon-Raccord
Bons baisers de rustine
James Bonde contre Dr Lavabo
Au service secret de sa Tuyauterie

JAMES BONDE
PLOMBIER DE SA MAJESTÉ

TÉLÉPHONE : 007 007

"HEAUME, *sweet* HEAUME"

HEAUME
Eau plate

Une eau qui vous épaule au quotidien.

Enfin une eau pour les hommes raffinés, une eau claire au flacon élégant, une eau qui se vaporise... tchi-tchi. HEAUME *eau plate rend plus fort, des altères, surtout l'été et en période de clavicule. D'homme à homme, avec* HEAUME *eau plate, vous ne connaîtrez plus jamais le casque... tchi-tchi.*

HEAUME *eau plate est rare et chère, hélas c'est là qu'est l'os. Pourtant,* HEAUME*, c'est la loi, vous n'y résisterez pas.*

On ne fait pas d'omelette SANS VEXER LA POULE.

On ne dit pas JAVELLISÉ mais J'AI LU.

Le pâté de campagne c'est de la gastro en terrine.

Ne dites plus Mélodie en sous-sol mais GARE LA VOITURE au parking souterrain.

Je préfère  LA ROUSSE *aux petits* ROBERTS.

......

Quand il voit un mouton en cuisine,
L'ÉMIR L'Y TOND.

......

Les rieurs avec moi,
LES PAS RIEURS
AU TIERCÉ !

......

À petits pas, chemin est long.

On ne dit pas :
BARAGOUINE
mais
CAFÉ POUR FILLES.

Si les tôles ondulées, les vaches aussi.

Tête creuse à vingt ans, bourse vide à trente.

MIEUX VAUT
poser un lapin
QUE CHIER UN LIÈVRE.

PAUL EN SKI,
c'est un beau roman.

...c'est une belle histoire.

La Dynamo Dekief

Ça éclaire, net et précis !

Matériel employé lors de rencontres footballistiques, la **Dynamo Dekief** s'inscrit dans la plus pure tradition soviétique. À savoir que les tribunes du stade sont équipées de vélos d'appartement branchés sur l'éclairage du stade. Certains vélos sont équipés de plusieurs pédales pour le reclassement des supporters de Tchernobyl.

Alors qui a dit que les supporters de foot n'étaient pas des lumières ?

"Le thé Deuté"

Sachez qu'un sachet **Deuté** de thé avec un seul T, rend l'heure du thé très huppée ! Vos invités seront épatés et vous serez félicité d'avoir su choisir parmi deux thés le thé **Deuté**.

Laissez-vous tenter par le thé Deuté, le thé que vous ne manquerez pas de regoûter. N'en doutez pas !

MIEUX
VAUT ÊTRE
UNE VRAIE CROYANTE
QU'UNE
FAUSSE
SCEPTIQUE.

*Qui mange le ventre plein
démange sur les coussins.*

IL NE FAUT PAS CONFONDRE
la coquetterie
& LA CLASSE

Un verre ça va, trois verres... ça va, ça va, ça va.

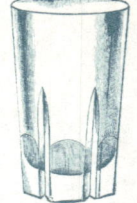

PINGOUINS dans les champs, HIVER MÉCHANT.

TOUSSE POUR UN,
GRIPPE POUR TOUS !

Comme on fait son lit, on se douche.

On ne dit pas le DERNIER DÉLAI mais le plus nul DES MOCHES.

RUE BRIQUE : FAIT D'HIVER

Vous vouliez faire le malin en marchant sur des braises ?

Ouvreuse dans un cinéma, une lectrice nous écrit : *« Je croyais que mon voisin était en train de faire griller des chipolatas avant de m'apercevoir qu'il marchait sur des braises. Il pestait sur cette émission grand public qu'il avait vue la veille sur la Une, présentée par Pierre Bailemère. Effectivement, je l'avais regardée par hasard, parce que je ne regarde jamais la Une, je préfère la Cinq, et une espèce de prêtre taiwanais habillé de façon saugrenue, très colorée, manifestait avec un enthousiasme certain qu'il était bon pour le spirit de marcher sur des braises. Alors, moi, je dis que chacun prenne ses responsabilités et que si mon voisin est assez con pour se mutiler de façon grotesque à partir de propos pipos, c'est son problème. »*

Ah ! ahaa… mmh. Que de maladresse de la part de ce voisin. Heureusement pour ce dernier, il existe la crème **les Bons Pieds**, un traitement quasi miraculeux en vente chez *l'Oncle incarné*, rue Dutalonde, à Chyle.

EXCLUSIF ! GAGNEZ PLEIN DE POGNON EN

Les Gros BONNETS

Soutiens-gorge blanchis par la mafia

MADAME !

Vous avez les seins qui ballottent et vous souhaitez être maintenue même dans les situations les plus extrêmes ?
C'est maintenant possible grâce au soutien-gorge GROS BONNET entièrement réalisé en alpaga et inventé par l'imminent professeur Borobaire, dit *La Baleine*.

Réalisé par des hommes de main, ce soutien-gorge est pare-balles. Le prof. Borobaire, qui ne fait pas dans la dentelle, le préconise pour des soirées chaudes.

Messieurs, devenez parrains de l'opération *Du monde au balcon* en vous inscrivant dans toutes les boutiques CORLÉONE participant à l'opération.

Fabriqués en Sicile par la Maison NIBAR. Distribués par BELMICHE.

Mieux vaut tenir le couteau de la main droite
que passer l'arme à gauche.

TIENS, voilà du BOUDIN.

Que fais-tu lorsqu'une tarte T'ATTEINT ?

Qui danse en sabots n'a pas de partenaire.

NE DITES PAS
"J'ai un ami fumeur et boiteux" MAIS
"J'AI UN COPAIN CLOPANT".

QUI  persévère ne va pas À LA PÊCHE.

Verglas en avril, Tricosteril.

On ne cueille pas une FEMME AVEC LA QUEUE.

Qui a un cerveau lent ménage sa tonsure.

 QUAND y'a le tonnerre KEATON, le CHAT PLINE.

Les Six Magrets
Restaurant

Gastronomie et service surjoué

Au menu : *Caprice sur son flot de larmes,
Tapage de pieds à la Provençale, Roulage par terre du Chef.*

135 AVENUE DUPAUCHTRON À VAUTRET-SUR-YVETTE (40)

La **VISION PARFAITE** obtenue par les **LUNETTES**

"C'est pratique pour VOIR"

REPOS DES YEUX
Travail à la lumière **SANS FATIGUE**
LÉGÈRETÉ ❖ ÉLÉGANCE
Les demander dans
toute maison sérieuse
BROCHURE GRATUITE
Professeur Nadège TUTU
235 bvd. Tripe à la mode de Caen-Bx (33)

EXIGER LA MARQUE
LUNETTES
gravée sur chaque verre
LA PAIRE : 5 FRANCS
L'UNITÉ : 7 FRANCS

La truffe du PÈRE IGOR

Habitant de Pey-Rugueux, **le PÈRE IGOR** vit dans une petite cuisine avec sa femme où une poche trône. Cette poche lui sert de cache-nez car ce n'est plus un nez mais une truffe. Si bien que très jeune, il s'engage dans la narine et devient un vieux loup de mer. Un jour, en pleine tempête, son nez, nu, phare, fit faire naufrage à son bateau. Quelle fin horrible pour cet homme à l'appendice baleineux. À son enterrement, même les cloches se moquaient de son nez et oublièrent de sonner.

Si vous avez été déçu par le Super, essayez donc le **GÉNIAL !**

Le GÉNIAL *c'est Super !*

NE PAS PRENDRE
L'ESSENCE INTERDIT
&
ATTENTION
AUX COUPS
DE POMPE

Pour vivre peinard, MANGEZ DE L'AIL.

....

Si tu n'aimes pas la soutane,
NE MANGE PAS LE MISSIONNAIRE.

....

LES FAUX AMIS DE LA LANGUE FRANÇAISE :

BARBECUE

N'EST PAS SYNONYME DE

poils aux fesses.

....

Pas de pédicure chez LES ESCARGOTS.

RÉCLAME :
Marquez des buts au petit-déjeuner
AVEC LES CÉRÉALES DE MADRID !

NE PAS CONFONDRE
ÉPOUX en tenue CHIC
& MARI en TOILETTE.

On ne dit pas
LE PROCESSUS
DE PAIX est enclenché,
mais je vais
LÂCHER UNE CAISSE !

Qui VIVRA mourra.

LE PIPO — MAGNIFIQUE PORTE-PLUME MUSICAL 3 OCTAVES
remplissage automatique instantané. **PLUME OR, 18 carats**, *Pointe iridium*

Système perfectionné, fonctionnement garanti. Peut rivaliser avec les plus grandes marques. Livré avec agrafe de sûreté contre mandat de … … …   **12 fr. 50** *0 fr. 25, en plus pour l'Étranger.*
Adressé à M. ROBERT, *Service commercial*, 111, Bd de Ménilmontant, PARIS (11ᵉ). Aucun envoi contre remboursement.

Cuisine MEMBALPA

Vendue avec son kit-chaînette pour attacher votre femme à la cuisine.

Recommandée par Landru.

Y'a de l'eau dans le gaz et madame boude la cuisine que vous vous êtes échiné, jour et nuit, à lui offrir pour votre 15ᵉ anniversaire de mariage ? **C'est normal.**

Vous êtes dans la catégorie des **rustres,** ou de ce que l'on appelle un **Macho Man.** Vous avez déjà cuisiné sur cette espèce de vieux truc en fonte ? Hein ? Alors oui, monsieur est très fort quand il s'agit de demander de la blanquette de veau ou de l'andouillette… mais comme par hasard, pour nettoyer cette grosse merde de cuisine achetée par monsieur, **y'a plus personne !**

N'oubliez surtout pas :

1 Suisse : *un monologue*
2 Suisses : *un dialogue*
3 Suisses : *un catalogue*

MADAME, on vous appelle *la Braise*, votre température corporelle est trop haute au niveau des hanches et vous ne pouvez pas poser les yeux sur un homme sans cramer illico l'élastique de vos jarretières. Il est tout à fait évident que pour pouvoir fréquenter le gratin de la société, vous devez régler ce problème qui vous brûle les entrailles. Pour ce faire, les laboratoires du professeur Fitschouisshh ont mis au point l'ustensile qui vous manquait, la

CULOTTE GLACIERE

Constituée d'un savant appareillage de cubes de glace, elle vous permettra, même portée sous les vêtements les plus serrés, de calmer votre libido en furie et de paraître aussi sage et prude qu'une représentante des Témoins de Jéhovah sonnant le matin à votre porte alors que vous attendiez que le facteur vous apporte une commande postale passée cinq jours auparavant. **EN VENTE EN GRANDES SURFACES ET EN SACHET ÉTANCHE.**

Madame,
vous avez plus de 45 ans
et toujours pas de ride
ni de poil au menton...
achetez
donc des lunettes !

LES BONBONS

FACILITENT LE TRANSIT
ET AMÉLIORENT L'HALEINE

Petite fille, le dernier voyage
de ton fidèle compagnon à
quatre pattes mérite une belle

BROUETTE A CHIEN MORT

Demande-la vite à ta maman
avant qu'il ne sente trop fort.

Allez, viens
Toby...
Zou !
Au cimetière !

Prix conseillé
seulement
49,99 €

EN VENTE CHEZ LES GRANDES SURFACES.

C'est au moment de payer les pots qu'on sent qu'on n'a plus soif.

LES BONS CONS
font les bons
MARIS.

Huile de foie de morue lisse la peau du cul.

LE BIEN
préserve et
LE MAL *gâche.*

ON NE DIT PAS
Ce Ceylan est excellent,
MAIS QUELLE BONTÉ !

MIEUX VAUT ÊTRE belle et rebelle QUE MOCHE et REMOCHE.

On ne va pas loin sans culotte.

Un consultant n'est pas un CHIEN STUPIDE.

NUL N'EST COIFFEUR CHEZ LES CHAUVES.

Les Moustiques n'aiment pas les applaudissements / page 78

Zouip

Le saviez-vous ?
— *Des nouvelles surprenantes de mon dentier* —

En avril 1995, M. Roger Moure, de Pasadena, a découvert dans son jardin une fraise de 2,3 mètres de hauteur. Ce fruit étonnant constitue le record du monde en la matière, et a permis à son épouse de gagner le record du monde posthume de la plus belle tarte aux fraises, M. et Mme Moure étant morts d'indigestion peu après.

Dans sa vie, Orson Welles a bien eu une luge, mais jamais de neige !

Le wagon de James West n'était qu'un jouet en plastique !

Si Th. Edison a découvert le téléphone, ce n'est qu'après avoir inventé le pot de yaourt. En effet, celui-ci conversait avec ses camarades de classe en cours d'histoire avec deux pots reliés par une ficelle. Il a toujours été nul en histoire mais s'en foutait car il était riche !

Le matin du 23 juillet 1977, un lapin a tué un chasseur, c'était un lapin qui, c'était un lapin qui avait un fusil, Pan !
(Et Chantal Goya chante encore !)

Qui a inventé le fil à couper le beurre ? C'est au début du XIXe siècle que Charles Lamothe, grand chef étoilé, imagina cet outil intelligent. À ses clients exigeants qui voulaient s'en payer une bonne tranche, il eut l'idée de servir des pavés de beurre. Ce plat original eut tant de succès qu'il en fit sa spécialité. Pour gagner du temps dans sa préparation, il chercha à fabriquer un ustensile idoine, ce qui lui donna, d'après ce que l'on sait, du fil à retordre.

Des chercheurs de l'Université de Californie auraient découvert que la Terre n'est pas plate mais ronde comme une orange ! Ils ont aussi annoncé que le Soleil ne tourne pas autour de la Terre, mais l'inverse (avant d'être emprisonnés) !

Lire des livres en mangeant du beurre semble être un remède à la mort !

Léonard de Vinci n'a pas fait qu'inventer le char d'assaut et repeindre la Joconde, il a aussi découvert (et expérimenté sur lui-même) le soutien-gorge-parachute ! Merci qui ?

EN FAIRE PLUS ? FACILE : LEVEZ-VOUS PLUS TÔT LE MATIN

ON NE DIT PAS
UN OUVRE-BOÎTE,
mais un portier de
NIGHT-CLUB.

PASTIS BOUILLI, JAUNE TROP CUIT.

Ne confondez pas
NYMPHOMANE ET CONFUSION.

La DASS,
TON UNIVERS
IMPITOYÂÂBLE

Ventre de flan, fesses de beurre.

Il n'y a pas de femme *frigide*, ce sont les MAUVAISES LANGUES qui disent ça !

....

Ne dites pas *Mon Papyrus* mais *Mon aïeul slave*.

....

On ne dit pas "Je suis TRÈS SAIN" mais "J'aime les GROS NICHONS."

....

Sois gentil avec tes enfants car ils choisiront ton hospice.

LE NEZ PRIS
DE JEAN-LUC GODARD

**Le conseil du Docteur en rhume :
Prenez un bon kir mou
pour soigner la mouquire...**

Pour vos longues soirées d'hiver, offrez-vous à Noël un best-seller.

DA VINCI GODE

VOTRE DAME VA ADORER...
et peut-être que vous y prendrez goût.

L'AUTO
de la Française des jeux

Les Moustiques n'aiment pas les applaudissements. / *page 82*

La Planche Habillée
Cet été, Mesdames, faites donc

La baisse du pouvoir d'achat touche désormais votre ménage, et votre mari ne compte pas dépenser un centime pour votre futur ex-maillot de bain.

Fidèle lectrice de magazines féminins, le maillot que vous aviez acheté l'an passé s'est vu vilipender par les chroniqueurs, et leur conseil est de ne surtout pas le remettre l'été prochain.

Bref, vous êtes à découvert.
Comment tirer bénéfice de la situation ?

N'enlevez plus vos vêtements, une fois à l'eau, détendez-vous, faites la planche habillée et créez la tendance !

J. Golot
ADMINISTRATEUR DE BIEN

Madame, tout le plaisir est pour moi !

Membre actif des peines à jouir depuis 1969.

Ténor du barreau, ses ennemis ne lui tournent jamais le dos.

Il administre du bien et fait aussi la gestion de cons tenus.

J. Golot & Cie - 16 avenue Lémainvide - Paris.

IL VAUT MIEUX *ne pas confondre* **FeSTIF** et **Poil de Cul**.

....

Main baladeuse, main heureuse.

....

UN LOUIS, DEUX FUNESTES.

....

L'INTELLIGENCE *artificielle* n'a aucune chance face à la **STUPIDITÉ** *naturelle*.

Un jour de plus, un jour de moins.

Un sale ami DOIT ÊTRE CHARCUTÉ.

EN TOUTE OCCASION, *sors tes couverts !*

Qui entend mal SE TROMPE D'EUSTACHE.

NE DITES PAS *Nouilles à la maison,* MAIS DITES PATHOLOGIE.

SAUCISSONS

Leur vie passionnante, leurs amours. Lisez donc :
LE GUIDE DES SAUCISSONS
Le best-seller d'Alain Gardillou bientôt chez vous !

VOUS L'ATTENDIEZ TOUS
LA GARE
SANS LÉZARD

Voici enfin la gare de nos rêves :
pas de file d'attente, pas de retard,
pas de grève surprise…
Bref : le BONHEUR !
Un acte authentique de générosité,
un voyage inimitable, un instant
de grâce, de volupté,
de véritable détente.
Ce qui est dommage,
c'est qu'elle n'existe pas.

SNCF, c'est pas possible.

99,90€
le costume,
la chemisette,
les chaussettes,
les chaussures
vernies et les
patins à glace.

Croyez-en
la parole d'un
gentilhomme !

UN BON HABIT
EST UN HABIT
"TONIO"

En promotion actuellement pour
les clients au tour de taille avantageux.

GRANDE MARQUE FRANÇAISE
SAVON
DENTIFRICE
À RÉCURER
Défend victorieusement
les Dents
Cie Française de récurage, PARIS

POUR LA BEAUTÉ DE VOTRE CHEVELURE

utilisez de
préférence du
**SHAMPOOING
AU MÉCONIUM**
BabyBlue®
en vente dans toutes
les maternités

**Professionnels,
votre site internet se dort dessus ?
il a grand besoin de
GIFLE ANIMÉE**
votre ouèbemasteur peut vous aider.

le restaurant HOT !
La Mère Guèz

Mangez et pissez !

8 impasse Placid & Muzo à Bricau

La Pelle
du Général de Gaulle

L'outil indispensable pour éviter
de prendre un râteau.

Le char
KUTIER

*Véritable char Dassault, héritage
de la Lézion Étranzère, il est capable
de réduire tout un pâté de maisons
(et non pas un pâté maison,
ce qui n'a rien à voir).*

*Réputé pour son aspect ludique
et convivial, il est équipé en série
d'une radio qui diffuse la chanson
"Sans chenille, sans pantalon !"*

"Engagez-vous" qu'ils disaient...

36-15
Oula !

Tout le plaisir est pour moi !

IL NE VAUT MIEUX PAS CONFONDRE
DÉMANGER ET VOMIR.

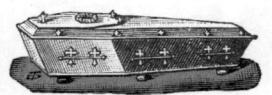

NE DITES PLUS
"J'assiste à une mise en bière"
MAIS
"J'ai une soirée bien arrosée dans un pub."

Les gens les plus CONSTIPÉS sont souvent les PLUS CHIANTS !

Il faudra vous y faire :

Dans la vie,
IL FAUT DES CONS PRESSÉS.

ON NE DIT PAS
"J'AI VAINCU"
MAIS *"Je suis*
PLURI-ANAL".

Qui boit
UN VERRE
À MOITIÉ VIDE
EST MOITIÉ
PLEIN.

··

Les cris des animaux :
LE GEAI *zaire alors que* LA PIE *raugue.*

··

ATTENTION !
*Un vélo d'handicapé
n'est pas un hémicycle.*

··

Ne pas confondre
LA PHONÉTIQUE avec UNE FAUNE
qui aurait conservé *certaines valeurs.*

LE PREMIER QUARTIER DE LUNE n'est pas forcément celui de l'autre.

....

"Je me ferais bien un brin de Cosette."

Jean Valjean

....

Il ne faut pas confondre court-bouillon et bourre-couillon.

....

On ne dit pas
PAYS NATAL
d'un religieux
mais
PATRIE-MOINE.

Les Moustiques n'aiment pas les applaudissements / *page 90*

Nouvelle formule

★

FIDÈLE
GASTRO

La Gastro, ça fait Ché !

Pour des vacances réussies, l'industrie pharmaceutique cubaine FIDÈLE GASTRO a mis au point un médicament très efficace qui rend les gonzes typés.

Partis du simple fait qu'ils n'avaient pas l'eau courante, les chercheurs cubains ont eu l'idée de capitaliser (ce qui est très rare pour un pays communiste) sur la dysentrie, véritable trésor national.

Ce médicament est disponible dans les six gares de Cuba.

NB : LA COURANTE ÉTANT CONTAGIEUSE, ÉVITEZ DE VOUS FAIRE LA BISE PAR GRAND VENT.

Comme la tartine, L'IVROGNE tombe toujours DU CÔTÉ QUI EST BEURRÉ.

Si l'amour est aveugle, il faut palper.

ATTENTION !
les mûres ont des orteils.

La fidélité
c'est quand l'amour est plus fort que l'instinct.

Tant va la FRITE à l'huile qu'à la fin elle croustille.

....

Un chien vaut MIEUX QUE deux JUDOKAS.

....

Parce qu'il a le BEC HAUT, j'ai baptisé mon perroquet GILBERT.

....

POUR RÉSISTER AU KRACH BOURSIER :
Au lieu de faire le dos rond,
FAITES LE DOW JONES !

....

Un remède efficace :
SIX ROTS CONTRE LA TOUX.

Les Moustiques n'aiment pas les applaudissements / *page 93*

SOYEZ UN AVENTURIER VESTIMENTAIRE
FABRIQUEZ DES CHEMISES
À RABAT

*Bon, Valérie, j'ai le plan sous les yeux.
C'est quoi ces chemises de merde ?
Le Maroc… non mais, sans déconner,
cht'en foutrai, moi, du commerce
équitable ! Déjà que j'ai un stock entier
de caleçons slovaques à écouler !
C'est encore un coup du gouvernement !
Bon, rappelez Berthier !*

*Il y a un côté ruskoff
ou tyrolien du nord
qui me plaît…
J'aime bien.*

GUERISON IMMEDIATE
DES
ENGELURES
PAR LE
GRAS DE JAMBON

TOUTES PHARMACIES : PRIX 1f50

Votre femme est vieille !
c'est le moment d'en changer
optez donc vite pour une

femme jeune

Existe en plusieurs modèles pour toutes les bourses
Femmes sachant faire la cuisine,
femmes à barbe, femmes chef de gare,
femmes à lunettes, femmes à lorgnette…
existe aussi en version H.

Ecrire à : Maison MOUNETTE, 56 rue Chodeau (33400)

Les Croisières du Commandant COUCHE-TÔT

LES CROISIÈRES DU COMMANDANT COUCHE-TÔT
vont vous surprendre en matière de mâle de mère.
N'a-t-on jamais vu un beau mâle au bar draguer la mer en faisant des bulles ?

VOYAGER SUR UN NAVIRE, CE N'EST PAS QUE BEAU !

Reprenant les principes élémentaires du *Un suppo et au lit*, les croisières proposent chaque soir des suppositoires à usage unique contre le mâle de mer.

Ils diffusent des effluves de **poulpes de Patagonie** qui vous plongent dans un sommeil abyssal.

NE PAS CONFONDRE LE MÂLE DE MER ET UN VIEUX LOUP DE NEZ.

ATTENTION !
les suppositoires étant en forme de **sous-marin**, pensez à **ranger le périscope** avant insertion !

Pour vivre heureux, VIVONS HEUREUX !

....

ON NE DIT PAS
un enfoiré,
MAIS *une année*
de perdue.

....

Tant va le GUS SALAUD
qu'à la fin elle se casse !

....

On ne fait pas de BŒUFS *sans castrer les* TAUREAUX.

....

NE PAS CONFONDRE
Faire des vendanges
ET PÉTER COMME
UN DIEU

....

Plus les hommes ont de l'argent, plus les femmes en brassent !

Qui veut VOYAGER LOIN, de SUPER FAIT LE PLEIN.

Déjeuner aux fayots, gazogène en solo.

Pierre qui roule au bar AVALE DES MOUSSES.

LES FAUX AMIS DE LA LANGUE FRANÇAISE :
Camarade idiot n'est pas compote.

Ventre AFFAMÉ n'a pas d'ORTEIL.

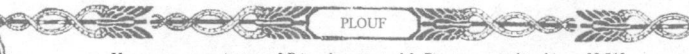

PLOUF

Une annonce vous intéresse ? Prière de contacter Mr. Pipotame par télépathie au 02-563

Les Petites Annonces !
— De Monsieur Pipotame —

ÉCHANGE lot de bérets Zina contre un contrat en bonnet Duforme.

ÉCHANGE verre à dents contre verre à pied.

NE JETEZ PLUS votre argent par la fenêtre, attendez que je sois dessous.

FABRICANT DE FIL DE FER BARBELÉ, cherche client lui donnant du fil à retordre.

CHAT ÉCHANGERAIT souris informatique contre souris blanche.

ÉCHANGE voiture d'occasion 120 000 km, bon état, contre tickets de tramway neufs.

MINE de charbon recherche coureur de fond.

PODOLOGUE passe accord avec casse-pieds.

ÉCHANGE bonne grippe contre bonne santé.

CANCRE cherche âne pour le remplacer au coin.

ÉCHANGE rhume des foins contre foin tout court.

ÉCHANGE poils de chat contre poêle à mazout.

PERSONNE pressée cherche temps libre.

PERSONNE ayant les pieds qui sentent, cherche place dans une usine de camembert.

SOCIÉTÉ SANS CONTRAT, recherche employé ne sachant rien faire.

CHERCHE brie qui court vite pour pain non rassis.

ÉCHANGERAIT grenouille qui parle tout le temps contre belle femme silencieuse.

PESSIMISTE ÉCHANGERAIT bouteille à demi-vide contre bouteille à demi-pleine.

À LOUER période janvier / février, maillot de bain, palmes, huile solaire, tuba, serviettes et glacière.

BESOIN D'ARGENT, vendrais tout et n'importe quoi.

UNIJAMBISTE vend vélo. Première jambée.

ÉCHANGE tronçonneuse contre manche de hache.

DENT qui se déchausse cherche chaussure à sa taille.

NUAGE CHERCHE petit coin de ciel bleu, pour faire pluie pluie.

ÉCHANGE TÊTE VIDE contre poches pleines.

JE cherche un bon fauteuil pour mâchoire !

DANSEUR débutant cherche cavalière aux pieds peu sensibles.

EXPÉDITEUR cherche personne timbrée pour suivre les colis.

ACUPUNCTEUR en manque piquerait bien une crise.

CHAT DODU cherche place fixe comme duvet.

DENTIER cherche mamie ne pouvant mâcher.

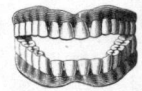

L'AVENIR appartient à ceux QUI VIVRONT DEMAIN.

Dans ta BASSE-COUR, évite les CONFLITS d'oies.

LES FAUX AMIS DE LA LANGUE FRANÇAISE :
UN CONQUISTADOR N'EST PAS un imbécile NARCISSIQUE.

Le chœur a ses raisons que l'oraison ne connaît point.

Qui vole un œuf, ARNAQUE une poule.

Après la pluie le beau rhume.

ON NE DIT PAS
DÉGÂT DES EAUX,
MAIS
OSTÉOPOROSE.

À bon ballet, bon rat.

Devant sa gamelle de lait,
MON CHAT
se bat pour
LAPER.

Pour sauver la carotte, mange le lapin.

ON NE DIT PAS
le beau président français
MAIS
le pas laid de l'Élysée.

C'est au fond du puits que tu vois sous le seau.

···

La STATION MIR, elle fait le maximum.

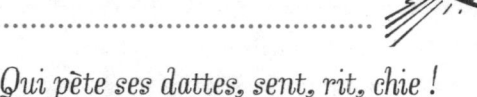

···

Qui pète ses dattes, sent, rit, chie !

···

ATTENTION, NE MÉLANGEZ PAS

faire des MOTS CROISÉS ET *échanger ses* MALADIES.

HOROSCOPE

PAR MONSIEUR PIPOTAME
Le grand spécialiste de la voyance extraglucide !

GÉMAUX

TRAVAIL

Vous aurez de la chance en ce début d'année, par contre, ça se gâte à partir du 2 janvier. Certes vous avez une double personnalité mais si vous vous voyez en double dans le miroir, arrêtez de boire.

AMOUR

Si Vénus vous ennuie, passez par la Lune.

SANTÉ

Les plats nets sont avec vous, alors mangez ! Ne dites plus "j'ai maux" mais "j'ai mal". Vous avez tendance à vous répéter, vous avez tendance à vous répéter.

VERSEAU

TRAVAIL

Vous êtes noyé de boulot et c'est toujours vous qui écopez ! Arrêtez de fuir, votre bonheur coule de source. Ne soyez pas si prétentieux, rappelez-vous que votre signe est synonyme de cruche.

AMOUR

Pas de problème, ça mouille !

SANTÉ

Mettez-vous au recto. Problème de tuyauterie. Il faut se taire au lit avec un verseau, d'où l'expression "verseau lit taire".

POISSON

TRAVAIL

Amis du bocal, vous risquez de tourner en rond. Tout le monde se fish de vos problèmes, gardon la tête froide et les pieds sur la sole. Sur la route, évitez de faire des queues... de poissons, vous pourriez tomber sur une morue.

AMOUR

Ça frétille ! Par contre, arrêtez d'ouvrir et fermer la bouche constamment.

SANTÉ

Si tu arrêtes le chauffage en hiver, tu t'écailles. Vous aurez la pêche mais faites attention à votre ligne.

BÉLIER

TRAVAIL

Affirmez-vous ! Ne faites plus le mouton. Si vous avez l'impression que votre image s'écorne, faites-vous tout doux.

AMOUR

Faites-le à quatre pattes. Saturne rentre dans votre signe, il va falloir serrer les fesses, ça peut faire mal.

SANTÉ

Mangez des Belins Bélier (vanne régionale). Vous l'avez mauvaise, la laine. Pour une fois, fermez les portes avant de foncer.

BALANCE

TRAVAIL

Vous n'êtes pas victime d'une injustice, c'est psychosomatique ! Ceux qui ne font pas le poids seront toujours à la masse. Une tare familiale, c'est lourd à porter, alors mangez des petits pois.

AMOUR

Bon, décidez-vous, merde !

SANTÉ

Année équilibrée surtout au début, au milieu et à la fin. En dehors de ces périodes, méfiance. Surveillez votre poids.

SAGITTAIRE

TRAVAIL

Ne baissez pas les bras, un sagittaire non, un sage réitère. Jupiter se glisse dans votre cuisse, attention à la culotte de cheval. Respectez votre signe, agissez et taisez-vous.

AMOUR

Faites-vous une queue de cheval !

SANTÉ

Surveillez vos selles. Il faut vraiment arrêter de donner à l'Arc. Vous avez l'estomac dans les talons.

Les Moustiques n'aiment pas les applaudissements / page 104

CAPRI
CORNE

TRAVAIL

Si le capricorne a une corne de moins que le tricorne, alors chapeau ! Vous ne croyez plus en votre bonne étoile, c'est un des astres. Dès que vous entendez la sirène, vous devenez chèvre.

AMOUR

Cette fameuse corne va peut-être vous manquer.

SANTÉ

Problèmes aux articulations pour ceux qui s'appellent Jésus. Faites des bains de siège. Évitez les termites.

LION

TRAVAIL

On commence à apprécier votre patte. Ouvrez les fenêtres en grand, ça sent le fauve. Après les assauts de Mars, ça repart.

AMOUR

Sortez de votre chrysalide, vous êtes un beau papi lion !

SANTÉ

Mangez des légumes. Quand vous êtes mal à l'aise, vous rugissez. Akuna Matata.

VIER
GE

TRAVAIL

Toujours pas, ou alors en fin d'année… ah ! ouiii en fin d'année… euh… non, désolé. Rassurez-vous, ça ne durera pas.

AMOUR

Toujours pas, mais ne vous alarmez pas, il manquerait plus que les bras vous en tombent ! Votre lune est dans sa turne, ça ne devrait plus tarder.

SANTÉ

Faites-vous une première pression à froid. Mettez des pulls en laine. Changez de disque, votre cas se grave.

CANCER

TRAVAIL

Votre patron s'incrustacé dans votre vie privée. Changez de bulot ! Noël vous inspire "Mon beau sa pince roi des marées". Ne boudez pas les fêtes, vous risquez de vous retrouver dans un mauvais sandwich au surimi.

AMOUR

Mettez des capotes de bonne qualité, il manquerait plus que vous attrapiez une MST.

SANTÉ

Vous avez tendance à marcher en crabe. Faites du sport, allez au boulot à pinces. La capote était de mauvaise qualité.

SCORPION

TRAVAIL

Va falloir s'y mettre dard-dard ! Vous en voulez terriblement à ce groupe de rock d'avoir pris votre signe comme nom… Je vous comprends. Évitez de faire la queue, vous détestez faire le piqué.

AMOUR

Si vous êtes avec un cancer, quittez-le !

SANTÉ

Trop tard. Évitez de remuer la queue quand vous êtes content. Surtout, si vous rêvez, ne vous pincez pas.

TAUREAU

TRAVAIL

Vous travaillez vachement bien et beaucoup, meeuuuhhh ! Remettez votre voyage à Rennes, vous risquez de faire plus carotte que bœuf. Dès qu'on vous montre du rouge, vous changez de couleur.

AMOUR

Vous êtes en quête d'une peau de vache, ne soyez pas timide, vous avez une bonne tête, faites-lui du rentre dedans !

SANTÉ

Pour votre sécurité, en voiture arrêtez-vous au rouge et foncez au vert. Des saignements que t'aurais à tort. Évitez les arènes.

Vous rigolez
parce que je suis différent,
moi, je rigole parce que vous êtes
TOUS PAREILS !

On ne dit pas
Midinette
mais MIDI PILE.

IL Y A TROIS SORTES DE PERSONNES
DANS LE MONDE :
*celles qui savent compter
et celles qui ne savent pas.*

ET N'OUBLIEZ PAS :
Deux yeux qui voient
un beau cul ne valent
pas un doigt qui touche.

Les Moustiques n'aiment pas les applaudissements / *page 107*

LES ENVIEUX
NE SONT PAS ZEUNES.
(Ah ! Zassézur)

Mieux vaut *Un beau lion* QU'UN LÉOPARD.

À LA SAINT-VALENTIN, ELLE M'A TOUCHÉ LA MAIN…
Vivement la Sainte-Marguerite !

C'est la goutte qui fait déborder le nex.

Quand un eunuque se fait guillotiner, c'est une histoire SANS QUEUE NI TÊTE.

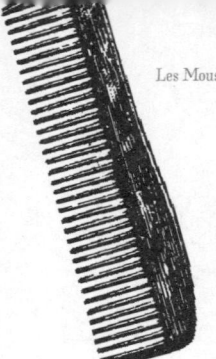

*C'est toujours le chauve qui trouve
le peigne dans la galette des rois.*

....

On ne dit pas
UN IMPRIMEUR
mais *un petit maraîcher.*

....

S'occuper de ses oignons,
C'EST PRENDRE SOIN DE SES PIEDS.

....

Ne dites pas
J'AIME PAS LES TRIPES !
mais plutôt
HALTE
à la VISCÈRE !

....

Les ours passent
mais ne se rassemblent pas...

Les Moustiques n'aiment pas les applaudissements / *page 111*

TRIN QUONS
AVEC *GLOUGLOUTE*
POUR DES SURBOUMS RÉUSSIES

ATTENTION, méfiez-vous des imitations
(et évitez les irritations)
Monsieur, Madame, pour l'hygiène intime de vos oreilles, exigez le meilleur SÉCHOIR à OREILLES qui soit :

MIELUS
En vente pas partout.

Je n'y vois plus clair tellement je ferme les yeux

Ce mal atroce qui vous serre le front, qui vous rend la lumière insupportable et le travail cérébral impossible, qui vous donne des nausées, qui gâche votre vie et fait de vous un véritable infirme.

Vos Migraines
disparaîtront instantanément avec

TRONCHOX

médicament inoffensif pour les reins et pour l'estomac, n'ayant rien de commun avec les remèdes que vous êtes fatigués de prendre.

La boîte de TRONCHOX vous sera expédiée franco contre un mandat de HUIT FRANCS adressé à M. LE DIRECTEUR DES LABORATOIRES DU DOCTEUR FRANKENSTEIN à Pontoise (exigez la bande de garantie).

Les Moustiques n'aiment pas les applaudissements / *page 112*

Si tu me causes d'un costume, cause-moi plutôt d'un
TUKOZ

« *Quand, dans la rue, tu causes d'un costume* **Tukoz**,
tu causes des accidents… because, question classe, y'a pas aut' chose. »
Georges Abitbol

Osez les costumes russes **Tukoz**, conçus pour vous dans un kolkhoze, à base de saccharose.

Pour partir à KABOUL,
pense à ta cagoule.

....

PETIT APPÉTIT,
l'oiseau fait son nid.

....

Qui vole un œuf dur cherche la mayonnaise.

....

L'amour propre
APPARTIENT À CEUX
qui se lavent tôt.

....

Le chien aboie
LA CARAPACE.

Le saviez-vous ?
RENAULT ne fait pas que des voitures,
ils font aussi des TRAMPOLINES.

... *les fameux trampolines Renault*

PART À MONTCUQ*
ta tête est malade !

* *Commune du Lot.*

IL NE FAUT PAS CONFONDRE
PEINDRE DES POITRINES
ET des cornichons.

Pour sauver un ARBRE, mange un CASTOR.

Si tu vois un Canard blanc, C'EST UN CYGNE...

PROFESSEUR CASIMIRO
GRAND VOYANT IVOIRIEN

Canne blanche d'or 2004, le professeur tient ses grands pouvoirs de l'Esprit du merlu sacré du Zimbabwe. Faites appel aux dons exceptionnels du professeur, il pourra résoudre les problèmes les plus ardus, comme : gencives douloureuses, gaz, réveils qui ne sonnent pas, constipation chronique, malchance aux jeux de hasard, impuissance, allergies au dentifrice, gargouillis de ventre… il sait même faire redémarrer les motos russes !

Il vous dira ce que vous voulez entendre.
Votre futur dévoilé dans les huîtres au vin blanc. Spécialiste officiel de la prostate.
Résultat garanti sous une semaine. Satisfait et pas remboursé.

GAGNEZ DE L'ARGENT FACILE CHEZ VOUS

en louant vos talents et votre corps à vos voisins, vous vous ferez du pognon facile à domicile en vous divertissant. Apprentissage gratuit, catalogue d'exercices pratiques sur demande
EASY'BOXON

CET HOMME VA VOUS SURPRENDRE !

IL VA VENIR SONNER CHEZ VOUS en plein week-end pendant que vous êtes en train de regarder Vidéo Gag sur votre poste de télévision. À peine la porte ouverte, il va entrer et fouiller dans votre frigo pour sélectionner ce qui l'intéresse et l'ingurgiter devant vous. Il va s'installer sur votre canapé en mangeant des Pim's et en foutant des miettes partout dans les plis des coussins. La chaîne que vous regardez ne va pas lui plaire, il va en changer en s'occupant lui-même de la télécommande. Il va mettre le niveau à fond la caisse. Il va boire toutes les bières et laisser les canettes dans le salon. Il va utiliser votre téléphone pour appeler sa copine à l'autre bout de la Terre en hurlant de rire, il va ensuite se prendre des mégadouches, vider votre cumulus et mettre de l'eau partout dans votre maison. La bienséance nous interdit de vous dire ce qu'il fera après dans vos cabinets et dans quel état il les laissera sans tirer la chasse. Cet homme qui aura mis tant de soin à apporter de l'animation dans votre terne vie, repartira enfin comme il est arrivé, en laissant la porte grande ouverte et de la boue sur la moquette. Il va bien vous manquer.
SI CE PROGRAMME VOUS INTÉRESSE, IL VOUS SUFFIT DE CONTACTER NOTRE AGENT DANS VOTRE RÉGION POUR AVOIR LA VISITE DE NOTRE AMI.

ON NE DIT PAS **LE TON MONTE**, MAIS *la fille au physique ingrat prend l'ascenseur.*

On peut violer les lois sans baisser la culotte.

UN DOIGT TENDU
précède souvent une beigne.

Eau bien bouillue,
THÉ BIEN GOÛTU.

MIEUX VAUT METTRE son NEZ dans un verre de PIF Que son pif DANS UN VER donné !

....

À grandes mains, BELLES BAFFES.

....

Quand le singe montre sa lune, l'idiot lui sent LE DOIGT.

Quand un HOMME devient vache, tout va de MÂLE en PIS !

On ne dit plus
La Case de l'oncle Tom
mais
La baraque au Bama.

Bedaine, je ne boirai pas de tonneau.

LES LANGUES BIEN PENDUES
collent beaucoup de timbres.

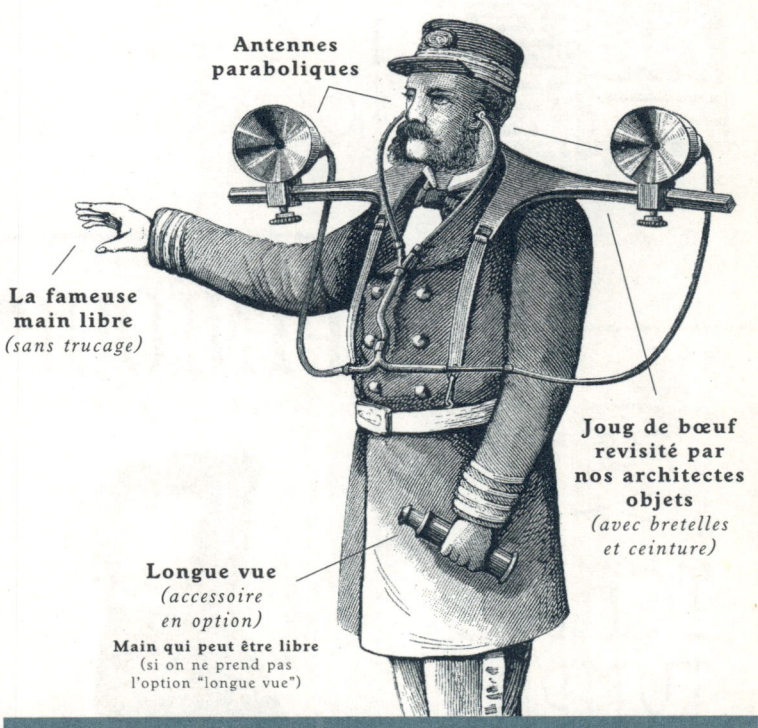

Pour vous Messieurs
Offrez-vous une
Ménagère
de moins de 50 ans

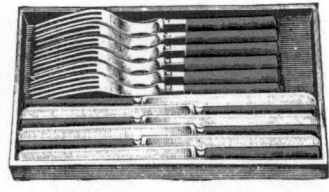

GRANDE BRADERIE LE 22 !

36 rue Delacuyère à Soup
dans le Pautage.

Vous avez bu plus que de raison et vous voilà sur le sol malgré vous...
La situation n'est pas désespérée, faites donc un geste simple, le bras d'honneur !

Le geste
QUI SAUVE

En partenariat avec la Croix Rouge et l'Armée du Salut !

TCHAO
TYMPAN
Centre de remise en forme pour les durs d'oreille !

www.pouette.org

Sylvain
PINIOUF
Presqu'tidigitateur

Pour vos kermesses et premières communions, louez les services de ce MAGICIEN de l'à peu près, faisant des tours approximatifs avec des PETITS SUISSES !

écrire à : Sylvian Piniouf, 12 rue Dufulor dans la Manche
(Près de la gare Cimore)

Qui mange EN MARCHANT *se change souvent.*

Ma mère a une voiture ancienne
C'EST L'ATTRACTION DU MOMENT.

Le propre de la confiance, c'est que le sale s'y fie.

Quand un acteur incarne UN ONGLE, *on peut dire qu'il est vernis !*

le CUL

ça repose les jambes.

··

SI TU VEUX EMBALLER EN BOÎTE, PRÉFÈRE UN BON COPAIN À UN SALAMI.

··

Pas de doute, une rousse péteuse sait se faire entendre !

··

On ne dit pas
LE PORC S'INDIGNE,
mais *le pâté tique.*

Les Moustiques n'aiment pas les applaudissements / page 123

AMIS BRICOLEURS, METTEZ VOTRE SAVOIR-FAIRE EN PRATIQUE !

CONSTRUISEZ VOUS-MÊME
cette très étonnante
MACHINE à REMONTER le THON

du professeur CHIGNOLLE
de l'Académie du Massachusetts

Cet engin aux propriétés révolutionnaires
vous permettra en peu de temps de faire fructifier
un commerce de thon sans trop vous fatiguer.

Machine livrée en pièces détachées en caisses de 25 kgs
écrire à : Prof. Chignolle, 7 rue du Pape Hiet à Braziff (55)

taille réelle : 2,27 m

MOUTARDE
"MEUX-MONTONNET" DIJON

la meilleure solution
pour les transexuels
l'ÉPINATION DÉFINITIVE
Rapide, hygiénique, discret, sans douleur
Méthode exclusive du Professeur Herpesse
(ancien commis de la boucherie Sanzot)
Adressez vos lettres à la **Clinique Herpesse** à Bruges

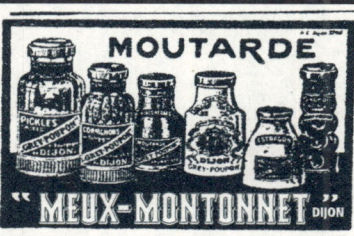

APPRENEZ L'ASPIRATEUR
Patronnée par la Cie d'Exploitation radio-électrique, la Société française radio-électrique, la Cie générale transatlantique, la Soc. des Télégr. Multiplex, la S.c. navale de l'Ouest, la Soc. "les Armateur franç.ais".
Cours pratiques et théoriques sur tous les appareils modernes
Cours du soir et par correspondance

ALLEZ
plutôt vous faire voir chez les Grecs.
Possibilités de tarifs de groupes.

"IL FAUT se LAVER les DENTS avec du SAVON"
(Communication faite à l'Académie des Neufs en 1904)
SAVON KENOTT
DENTIFRICE RATIONNEL, au CHINCHILA
Dents jaunes, Bouche malsaine, Haleine de chacal
Très économique : *Un pain durant de 4 à 5 mois.*
Le pain 2 francs, franco 2 fr. 25.
PARFUMERIE ESTHÉTIQUE de PARIS, 35, r. Le Peletier.

RESTEZ AU CHAUD CHEZ VOUS
et on vous écrira par correspondance.
Votre courrier amené par un FACTEUR

TALONS TOURNANTS (CAOUTCHOUC) ECONOMIE
Roul'Boom
WOOD MILNE SPECIAL — IMPORTÉ D'ANGLETERRE
Hommes : 1.50
Dames : 1.25 } la paire
Exigez : **Roul'Boom**
sur chaque TALON
Se méfier des imitations
Si vous ne pouvez pas vous procurer ces talons chez votre fournisseur habituel, adressez-vous Rayon 34,
H. Skepper, 13, r. du Caire, Paris.
Joindre mandat ou timbres et donner le tracé de votre talon pour indiquer grandeur.
Les plus durables. Économisant dix fois leur prix en chaussures, rendent la marche silencieuse et douce. Diminuent la fatigue.
CONFORT

Spécial fête des grands-pères !

Karafe

by Geneviève Laitue

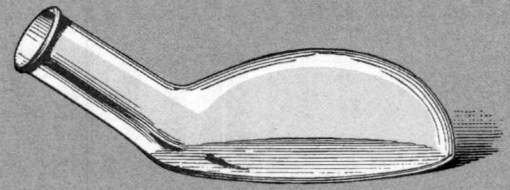

Parfaite pour les dégustations à l'aveugle,
elle sera la compagne de vos soirées incontinentes.

Attention : si Guy dégaine, Geneviève le tue.

Être jeune
est un défaut que
L'ON CORRIGE
TOUS LES JOURS.

Qui pisse contre le vent se rince les dents.

On ne dit pas
ANNICK ADORE LES POTAGERS,
mais
LES JARDINS BOTANIQUES.

Qui vole *un œuf,*
vole la moitié
d'un *dix-huit.*

On ne dit pas

Polyglotte mais

Orifice du larynx bien élevé.

....

ça ne pète pas haut.

....

Noël au scanner,
PÂQUES AU CIMETIÈRE.

....

Ne dites pas
LA CAMISOLE DE FORCE
mais LA DROGUE
exclut de la société,
malgré soi.

Les Moustiques n'aiment pas les applaudissements / *page 128*

Why M Sciait ?

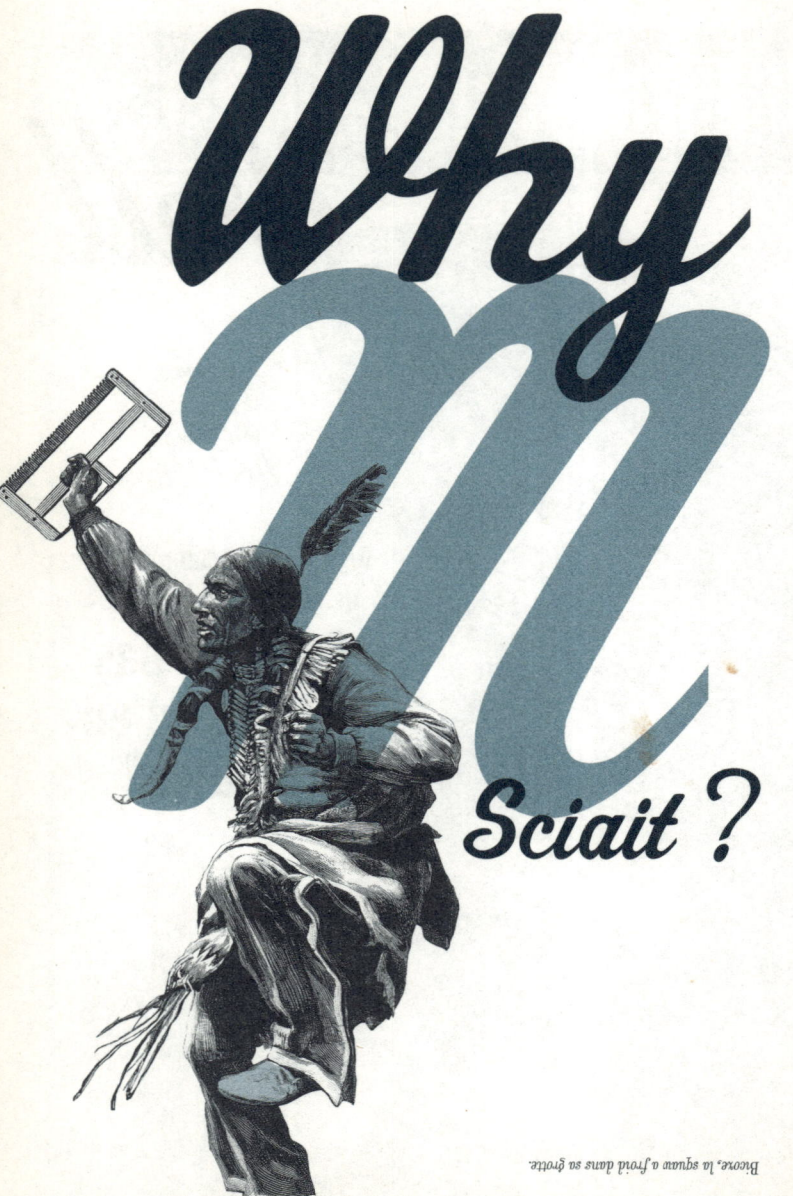

Bicore, la squaw a froid dans sa grotte.

Au lieu de dire
LE CARIBOU,
dites plutôt LE MOTEUR
va lâcher.

························

Préfère le vin d'ici
À L'EAU DE LÀ.

························

Qui des fayots abuse, usine à gaz.

························

*Quand l'oie
fait la cuisine,*
LE JARS DÎNE.

IL NE FAUT PAS CONFONDRE

PROFANATEUR
de tombes et
DÉTERGENT.

....

Qui marche dedans du pied droit
TARTINE LA MOQUETTE.

....

Après un gigot à l'ail, jamais ne bâille.

....

DANS CHAQUE ÉGLISE,
il y a toujours
quelque chose
QUI CLOCHE.

Les Moustiques n'aiment pas les applaudissements / *page 131*

Spécial Q
de Queloss'

Adepte des rondeurs dans le bas du dos ?

Vous voulez augmenter le volume de vos fesses… Faites donc une cure de *Spécial* Q **les yeux fermés !**

90% de matières grasses

Devenez une femme forte !

ATTENTION !
On vous voit les seins…

CUIDADO !
Una cerveza por favor…

AUGUSTE FAIT SON CINÉMA

PROJETÉ BIENTÔT DANS VOTRE SALLE CINÉMATOGRAPHIQUE

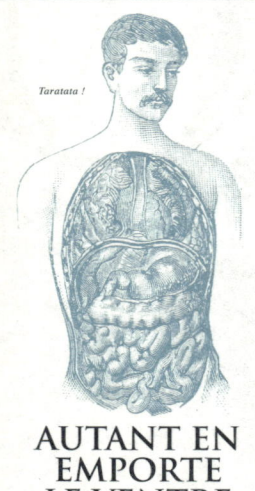

Taratata !

AUTANT EN EMPORTE LE VENTRE
UNE ÉPOPÉE QUI VOUS PREND AUX TRIPES !

LE SUSPENSE (À SUCRE) QUI SCOTCHE ALFRED !

PAS DE PRINTEMPS POUR MAMIE
(VERVEINE SERVIE À L'ENTRACTE)

Carpe d'em

LE CERCLE DES PAULETTE DISPARUES
UN FILM DÉDIÉ À TOUTES LES PAULETTE

TOUS NOS VIEUX DE BONNE HEURE

LES Escarres D'HOLLYWOOD

JERRY ATERRY
dans
SOUS PERDUS DANS MANHATTAN

AL ZAÏMEUR
dans
COLOSSE COPIE

ALAIN CONTINENCE
dans
QUAND MAMIE RENCONTRE PAPI

ART THRITE
dans
PAPY BOOM

Mieux vaut être SAOUL que CON

... ça dure moins longtemps.

Mieux vaut claquer du fric QUE DU BEC.

Ne pas confondre UN COLIFICHET avec un paquet répertorié.

Faut pas confondre Interdit de pisser et Miction impossible.

La longueur du pantalon EN DIT LONG sur la TAILLE des jambes.

x 2

Qui arrive à dormir sur ses *deux oreilles* est bizarrement foutu.

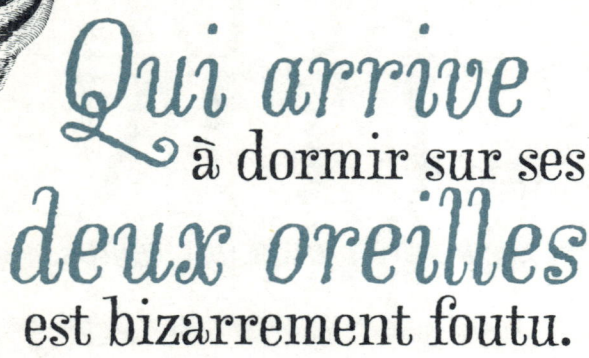

....

Un BATTEUR JUIF peut être un PERCU SIONISTE.

....

Pour la rendre heureuse : un bon massage à la tronçonneuse.

....

Quand elle reçoit ses revues en cachette,
LA BONNE MENT !

ANIMEZ VOTRE GARDEN-PARTY avec

LES GUMES

Des numéros de mime, de jonglage, de pip, le chant des carottes, la reproduction des patates, la navet va, chou-fleur & co…

COUCHES KUSSEK

Essayées et éprouvées par les seniors incontinents.

Il en tient une sacrée couche !

Capacité 12 à 15 litres

En vente exclusive à la pharmacie.

Quand tu bois cul sec, tu restes au sec !

AUGUSTE FAIT SON CINÉMA

LE PETIT POUSSAIT

Un film très ennuyeux sur la constipation des nains.

L'histoire (adaptée de Charles Pet-Rot) se déroule dans les W.-C. d'un hôtel sordide, où un nain aux habitudes alimentaires peu orthodoxes tente coûte que coûte de se libérer.

Malgré le son Dolby Surround® exceptionnel, une belle performance d'acteur et quelques moments de suspense, il faut avouer que l'intrigue est assez pauvre. La dernière scène, réalisée sans truquage, laisse les spectateurs sans voix.

Bientôt partout (sur la moquette)

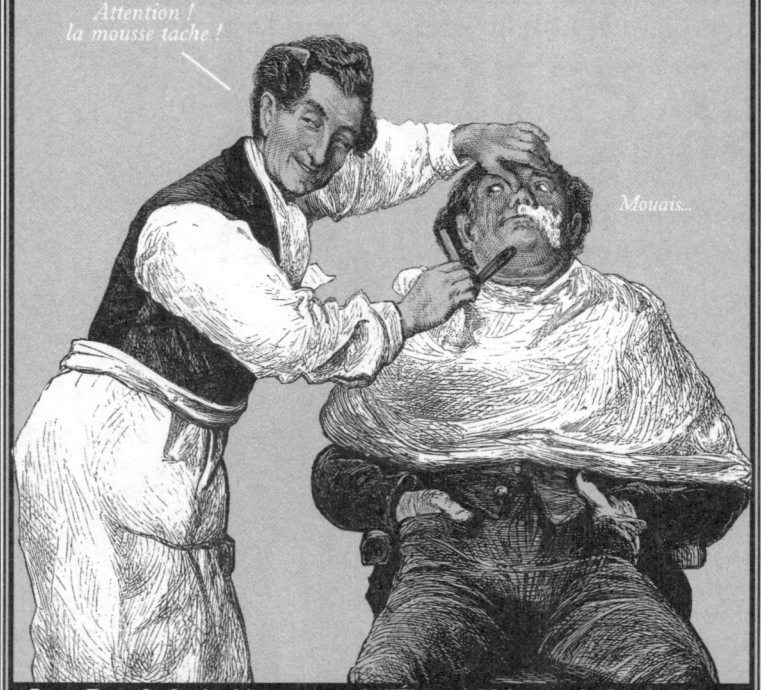

Ne dites pas
Chimpanzé débile,
mais dites
CONCHEETA.

....

LORSQU'UN
RELIGIEUX
SE FAIT SURPRENDRE
PAR LA PLUIE,
c'est une saucée
AU MOINE.

....

VENTRILOQUE AFFAMÉ N'A POINT D'OSEILLE.

....

LA MUSIQUE ADOUCIT
les meufs.

Tant va le cash à l'eau qu'à la fin on est à sec.

LES AMATEURS DE *Brocante* AIMENT LA CHINE.

SCANDALE À LOURDES :
À deux pas des grenouilles de bénitier,
LE RAT QUÊTE !

Si les lentilles te font péter, PORTE DES LUNETTES !

Les Récits Atomiques
du Conteur G. Geyre

*Absent des ondes depuis 1945,
il vient de reprendre
sa radioactivité !*

**IL REPREND SES
PLUS GRANDS CONTES :**

*Les champignons
étaient des trompettes
de la mort...*

**MORT AUX RATS
vs
MURUROA**

Ce cher Nobyl !

Chaque lundi à 16h45 sur France Culture

*Si vous ne comprenez rien,
certaines définitions sont dans
le BECQUEREL.*

Ne pas confondre faire du vélo et aller à la selle.

....

En automobile, ne change pas de file.

....

Ne dites pas
le meuble à sorbets
mais
L'ARMOIRE
à GLACES.

....

Mon kiné est du TONNERRE : il FOUT DROIT.

....

On ne dit pas
un CARAFON,
mais *un* BUS EXPRESS.

Ne dites pas
PAKISTAN,
mais dites plutôt
SAUT EN LONGUEUR.

QUI MARCHE DANS LE NOIR
se mange la baignoire.

Ne pas confondre une femme pressée et une cocotte minute.

EN AFRIQUE,
ça vanne sec !

C'est en sciant la Joconde
QUE LÉONARD DEVINT SCIE.

L'AMI DE VOS NUITS CALINES

PRÉPARATION INSTANTANÉE DES CHAMBRES

pour une partie de jambes en l'air

RUSTINES Power

EXISTE EN GRANDE TAILLE !

Attention ! pour la gent masculine, ne pas utiliser sur les poupées gonflables.

Poupée géante en viande
75 centimètres de haut — Pour 3 fr.

La meilleure et la moins chère, la préférée des enfants !

Peut porter des affaires de bébé ! La poupée d'étoffe nouveau siècle !

2 autres poupées de 23 centimètres, destinées à être bourrées.

La poupée est imprimée avec des cheveux blonds, des joues roses, des yeux bruns, corps couleur crème, bas rouges et souliers noirs, sur un tissu extra-fort, indéchirable et se tient debout. Si petite mère veut bien permettre à bébé d'habiller sa poupée avec de vieilles affaires à elle, qu'elle puisse lui mettre et enlever à sa guise, la poupée grandeur nature sera un des meilleurs souvenirs de son enfance.

Envoyez **3 fr.** et la poupée grandeur nature vous sera expédiée franco avec les deux poupées de 23 centimètres par retour du courrier.

Écrire à **Art. Fabric Milis, Dépt. H**
75, Queen Victoria Street, Londres (Angleterre).

UN REGARD SUR VOTRE AVENIR
Un conseil peut vous être utile. Consultez
Mme J. VOATHOU reçoit de 10 h. à 18 h. p' corresp. 10 f.
13, r. Simon-Dereure. Nord-Sud Lamarck

PHOTO RAUTOTO
21, RUE DES PYRAMIDES, PARIS (AV. OPÉRA)

MANGEZ DU BEURRE SALÉ, C'EST BON, C'EST SALÉ

IMPRESSIONNEZ VOTRE ENTOURAGE AVEC

LA MAGIE
à la portée de tous

Sortir des lapins de votre chapeau, c'est possible, trouver la carte perdue au milieu du paquet, c'est possible, jouer à la marelle en tongs, avoir la puissance sexuelle d'un taureau, c'est possible, devenir star du rock, c'est possible, s'amuser seul avec un ami, découper un chien ou connaître les animaux de la ferme, c'est possible, et en plus c'est hyperfacile avec notre nouvelle méthode LA MAGIE À LA MAISON !

Écrivez au professeur ZOLTAN de l'Académie des Neufs
78 avenue Gordon-Zola à Futet (13)
Envoyez-nous des sous et vous verrez bien.

Succès assuré dans les soirées avec les gonzesses et les mérous.

Ne dites pas "**SALOPETTE**" mais "*Bravo, chéri, fais comme si j'étais pas là !*"

IL FAUT SE BATTRE EN ENFER
tant qu'il y fait chaud.

Mieux vaut être riche et beau que mort.

On ne dit pas
EXCELLENT ÉLÈVE
désargenté
mais CRAC
BOURSIER.

Qui dore, BRONZE.

....

ATTENTION !
Une femme aux toilettes
n'est pas une poule au pot.

....

On ne dit pas
**M. Cooper
surveille les fraises,**
mais GARY GUETTE.

....

Rien ne sert de mourir, il faut pourrir à point.

....

Au lieu de dire
PARMI NOUS
dites plutôt *Nom d'un félidé !*

Au lieu de lire des conneries, lisez plutôt :

LE DERNIER
POILU

En velu, en voilà !

LE RÉCIT BOULEVERSANT D'UN HOMME HORS DU COMMUN.
UN LIVRE GUÈRE ÉPAIS

Éditions 14/18

Les Moustiques n'aiment pas les applaudissements / *page 148*

LE BLACK AÔUT

par Bison futé

Kronenbourg à la Poste, CHRONOPOST À LA BOURRE.

Fais pas tomber le sucre en poudre, sinon tu lèches.

Où mon pote ira, TOUS MES POTIRONS.

Ne vous méprenez pas, UN CABRIOLET N'EST PAS UNE CHÈVRE ESPAGNOLE.

On ne dit pas UN PROSPECTUS
POUR UNE MARQUE CÉLÈBRE DE VOITURES
mais un TRACT OPEL.

NE FAITES PAS AUX **TRUIES** ce Qui est laie.

Si la femme était bonne, Dieu en aurait une…

Un conseil :
Mieux vaut ne pas être sous les pets de Dame Hawkless.

On ne dit pas
JE TRIPOTE,
mais
j'ai trois amis.

SI LE TRAVAIL C'EST LA SANTÉ, pourquoi ne pas le confier aux malades ?

Qui a un OS COURT est en DANGER.

....

AUX GRANDS MAUX, LES GRANDS-MÈRES.

....

NE PAS CONFONDRE

Maman bien élevée
et Polymère.

....

Choucroute du soir, nuit dans le placard.

....

LA FRANGE :
une raie publique
où les peigne-culs
peuvent toujours
se brosser !

Il y a plus de bonheur à donner des coups de pied au cul qu'à en recevoir.

QUAND L'OURS EST PARTI LES SAUMONS DANSENT.

NE DITES PAS
Paratonnerre !
MAIS
Quel beau militaire !

La recette de dessert la plus zélée ? Certainement la mouche au chocolat !

Mieux vaut être incompris QUE PRIS POUR UN CON.

Faites-vous implanter des seins égyptiens
Toutankarton
N° 1 au Caire *(de la Lune)*

Madame, vous aimez avoir les seins qui pointent, qui ont de la tenue, du galbe… Le *Dr. Yéroglife* et sa bande *"Laitte"* vous ouvrent les portes du possible, de l'imaginaire, du sublime… Faciles à mettre, évitez néanmoins les matelas gonflables, à eau et autres airbags. C'est une technologie pointue mais faut pas pousser momie dans les orties.

Toutankarton existe aussi en baume.

3 tailles : Khéops, Khéphren et Mykérinos

JEUNES MAMANS !
pour avoir la paix, nourrissez plutôt vos enfants avec les
BOUTS DE SEINS
AIL & FINES HERBES

et prenez le temps de déguster un bon thé : ça fait toujours plaisir et ça masque l'odeur.

Ouf ! je respire

Vente exclusive chez les pharmacies.

La Boîte à enfant
bien pour lui...
mieux pour vous...

fig.1: Conçue pour sa sécurité et votre tranquillité, la BOITE A ENFANT a été développée à base de matériaux de pointe, à l'épreuve des balles et du son. Grace à son microphone intégré, votre rejeton pourra réclamer et vous lui répondrez si nécessaire.

By
Walter H. Bushswrishmann
grand scientifique devant l'éternel...

* "décharge électrique" en option.

testée au Zoo de Pessac

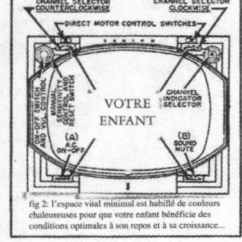

fig 2: l'espace vital minimal est habillé de couleurs chaleureuses pour que votre enfant bénéficie des conditions optimales à son repos et à sa croissance...

SENTEZ PLUS FORT AVEC

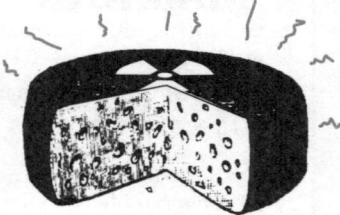

L'ATOME DE SAVOIE

Le seul fromage effervescent enrichi aux particules actives.

L'atome de Savoie, pâte molle et noyau dur.

Une exclusivité **Patdeuque** à Landosse.

BRETELLES HYGIÉNIQUES BOUAYO

L'homme Chic

porte la bretelle **BOUAYO**
la reine des bretelles

La référence mondiale en matière de loquets.

INTER LOQUETS®

LEUR GRAND CHOIX VOUS LAISSERA... **sans voix.**

INTER-LOQUETS - *12 rue Targette à Colin (36)*

Ouillouille !

Vous êtes poitrinaire et vos bretelles de soutien-Georges vous serrent les épaules et vous laissent des traces disgracieuses ? Vous devriez changer pour une autre marque, une marque plus respectueuse de votre corps :

Bopektox

La lingerie intime des rois de la classe dessine et soutient vos pectoraux en goguette et sait rester discrète même sous les T-shirts les plus ajustés. Plusieurs coloris de peau, modèles velus coordonnés à votre pilosité abdominale, bretelles "peau sensible".

Les soutiens-Georges **Bopektox** sont les amis du slip à col roulé **Belbolls** qui mettra aimablement en valeur la délicate rondeur de vos parties intimes.

Bopektox
C'est pas pour les gonzesses.

Faites comme Léon, BUVEZ

Récal-Citron
AROMATISÉ AU LITHIUM

la boisson préférée des pensionnaires de nos prisons.

Formule renforcée au bromure.

NE PAS CONFONDRE

LA ROME ANTIQUE
AVEC *l'odeur* du vieux café.

Caleçon qui gratte : morpions qui squattent.

NE PAS CONFONDRE

Tête de Diable
ET Satan bouille.

JEANNE D'ARC
est sans aucun doute
la plus célèbre
FEMME AU FOYER.

En IRAN,
on donne sa langue
AU SHAH.

·····························

Véridique :
Mon petit chien est ARTISTE CONTEMPORAIN,
c'est un CANICHE KAPOOR.

·····························

On ne dit pas
*Ce gars est
un gros facho*
mais C'EST UN...
BON ARYEN.

·····························

LA FLEMME est l'avenir de l'homme...

·····························

Si ta femme est folle de la messe,
SACHE QU'ELLE SERA MOLLE DE LA FESSE.

Les Moustiques n'aiment pas les applaudissements / *page 159*

Professeur
GUY LIGUILY
expert ès Farces & Attrapes

SPÉCIALISTE EN ÉVÉNEMENTIEL
TOUT CE QUE VOUS AVEZ TOUJOURS VOULU AVOIR SANS JAMAIS OSER L'ACHETER :
Coussin péteur, boules puantes, accessoires coquins, cactus gonflables, déguisement de belle-mère, cigarettes piégées, fausses plaies, fausse pisse, haches en plastique, sang de porc, vrais loups de nez…

22, boulevard Fernand-Raynaud à Asnières (92)

HAND